KiWi Paperback

W0300916

KiWi 596

Benjamin Malaussène, Sündenbock der Familie, ältester Bruder und Halbwaisenvater des ganzen Stamms, macht sich große Sorgen. Le Petit, der Kleine mit der rosa Brille, ist in Hungerstreik getreten. Er will wissen, was ihm bisher konsequent verschwiegen wurde: wer sein Vater ist. Benjamin rettet le Petit mit einer Geschichte aus den Familienannalen vor dem Verhungern. Er erzählt von jenen turbulenten Ereignissen, wie die Malaussènes sich ahnungslos einen besonders hinterhältigen Drogenabhängigen ins Haus holten und ihn nur mit den vereinten Kräften Bellevilles wieder loswurden. Er erzählt, wie ihre weitherzige Schwester Louna unter großem Liebeskummer litt und einen Unbekannten pflegte, der im Kinderzimmer mit dem Tod rang. Und wie sich ihrer aller Mutter dieses Unbekannten annahm …
Eine witzige, spritzige Geschichte, in der als Zugabe ein literarisches Rätsel steckt.

Der Autor

Daniel Pennac, 1944 in Casablanca geboren, war Französischlehrer und hat sich mittlerweile ganz aufs Schreiben verlegt. Seine Malaussène-Romane sind in Frankreich Bestseller und gewannen auch eine deutsche Fangemeinde. Pennac hat außerdem Kinder- und Jugendbücher veröffentlicht. Er lebt in Belleville/Paris.

Weitere Titel bei K & W:

»Wie ein Roman«, 1994
»Monsieur Malaussène«, Roman. 1997
»Große Kinder – kleine Eltern«. Roman. KiWi 523. 1999
»Adel vernichtet«. Roman, gebunden. 2000

Daniel Pennac

Vorübergehend unsterblich

Eine Malaussène-Geschichte

Aus dem Französischen
von Eveline Passet

Kiepenheuer & Witsch

1. Auflage 2000

© 2000 by Verlag Kiepenheuer & Witsch, Köln
Aus dem Französischen von Eveline Passet
Titel der Originalausgabe:
Des chrétiens et des Maures
Copyright © Editions Gallimard, 1999
Alle Rechte vorbehalten.
Kein Teil des Werkes darf in irgendeiner Form
(durch Fotografie, Mikrofilm oder ein anderes Verfahren)
ohne schriftliche Genehmigung des Verlages reproduziert
oder unter Verwendung elektronischer Systeme
verarbeitet, vervielfältigt oder verbreitet werden.
Umschlaggestaltung: Barbara Thoben, Köln
Umschlagmotiv: Dieter Braun, Hamburg
Satz: Pinkuin Satz und Datentechnik, Berlin
Druck und Bindearbeiten:
Clausen & Bosse, Leck
ISBN 3-462-02953-3

Für P'tit Louis Couton,
der schon ganz anderes gelesen hat

Jean-Philippe Postel
ein heftiges Dankeschön,
das er gerecht teilen möge
mit Professor Wagner

»I would prefer not to.«

Herman Melville
Bartleby

Inhalt

1. Bartlebismus *13*

2. Das Geschenk des Himmels *27*

3. Das Gedächtnis des Bandwurms *37*

4. Das Wort des Spezialisten *49*

5. Die Auferstehung *63*

6. Erinnert euch an Isaac *70*

1

Bartlebismus

»Ich will meinen Papa haben.«

Le Petit war ins Zimmer gekommen, hatte sich breitbeinig vor unserem Bett aufgebaut und verkündet:

»Ich will meinen Papa haben.«

Das war an einem Vormittag im Juni. Vergangenen Juni. So gegen halb, drei viertel sieben. Jedenfalls vor sieben Uhr. Belleville war noch kaum erwacht, der Müll nicht abgeholt, Monsieur Malaussène, der Letztgeborene des Stammes, hatte eben in seiner Hängematte über dem Ehebett einen stattlichen Haufen ausgebrütet, und Julius der Hund klopfte noch nicht mit dem Schwanz gegen die Tür, um mir den Marsch seiner Blase zu blasen. Es war keine sieben Uhr.

»Ich will meinen Papa haben.«

Im Halbdunkel kniff ich die Augen zusammen. Ich heftete einen forschenden Blick auf den Kleinen. Er reichte gerade einmal bis zum Türknauf, aber ich musste zugeben, dass er in all den Jahren schließlich doch klammheimlich gewachsen war. Der junge Mann entwickelte Humor und ließ es mich wissen. Der junge Mann machte ganz einfach Scherze. Er zeigte auf den Neuankömmling in der Hängematte über meinem Kopf und präzisierte mit bösartigem Lächeln:

»Ich will auch einen Papa haben, meinen.«

(Ein Großer, der auf klein macht, meinetwegen.) Ich erwiderte ihm:
»Bewilligt, le Petit, sollst deinen Papa haben, aber deck inzwischen schon mal den Tisch, ich komme gleich.«
Und blieb im Bett. Die letzten friedvollen Minuten genießen, bevor die erste Szene des Familienspektakels anhebt, dies ist das einzige Vergnügen, das ich mir nie verwehrt habe.
Gedeckter Tisch, heiße Schokolade, gebuttertes Baguette, Orangensaft, Haferfelder auf der Tischdecke – als ich nach unten kam, lief die Fabrik bereits auf Hochtouren. Sie hatten alle ihren Tag vor sich. In drei Minuten würde Clara mit Verdun, C'Est Un Ange und Monsieur Malaussène in den Kinderhort der Rue des Bois aufbrechen, wo sie Arbeit gefunden hatte, Jérémy und der Kleine würden abdampfen in die Schule, in die sie beide gingen, und Thérèse, wenn sie den Tisch abgewischt hätte, würde sich auf den Weg machen, um den Leichtgläubigen von Belleville das Horoskop zu stellen. (Malraux hatte Recht: Das 21. Jahrhundert wird spiritualistisch sein; dafür sorgt schon die Arbeitslosigkeit.) In drei Minuten wäre der Haushaltswarenladen leer. Während ich in Erwartung dieser kommenden Stille in meinem türkischen Kaffeetöpfchen den Schaum aufsteigen ließ, traf mich plötzlich wie ein elektrischer Schlag Thérèses Stimme.
»Mach schon, trink deine Schokolade, le Petit, sonst kommst du noch zu spät!«
Le Petit saß sehr starr und aufrecht im Dampf seines Bol. Sein Baguette hatte er nicht angerührt.
»Ich will meinen Papa haben.«

Sparen wir uns die Schilderung des auf diesen Morgen folgenden Tages. Arbeit für alle, auch für mich in den Éditions du Talion, hierbei Ausklammern der familiären Sorgen (= Professionalität!) bis zum Abend, wo an der Familientafel ein le Petit ebenso versteinert wie in der Früh nun im Dampf seiner Suppe saß.
»Ich will meinen Papa haben.«
»In der Schule hat er auch nichts gegessen«, verkündigte Jérémy.
Die Neuigkeit löste eine Reihe von Kommentaren aus, bei denen jeder auf seiner eigenen Klaviatur spielte. Thérèse brachte ihre Überzeugungen vor, sie fand es »vollkommen natürlich«, dass le Petit nach der Geburt von Monsieur Malaussène ein »Vernachlässigungssyndrom« zeige und nach einer neuen »Identitätsverankerung« suche, weshalb sein Verlangen nach einem »nachgewiesenen biologischen Vater« überaus »legitim« sei.
»Quatsch mit Soße«, beschied Jérémy, »biologische Vaterschaft, so ein Blödsinn!«
Dies war das erste Argument einer flammenden Rede, während der Jérémy den Nachweis zu erbringen suchte, dass der Vater eine Hypothese sei, ohne die man bestens auskomme (aber habe ich ihn wirklich recht verstanden?), und dass jedenfalls was die Entscheidung unserer gemeinsamen Mutter betreffe, dem jeweiligen Erzeuger im Augenblick unserer Ankunft den Laufpass zu geben – dass sie diese ihre Entscheidung ganz gewiss in Kenntnis der Sachlage getroffen habe, »Maman hatte ihre Gründe«, und die konnten nur die richtigen sein, denn Maman »sieht zwar nicht so aus«, aber »Maman hat gewusst, was sie tat!«
»Maman weiß nicht, was sie tut? Ist es das, was du

denkst, Thérèse? Ist es das? Dann sags doch! Maman weiß nicht, was sie tut, ja?«
Explosive Stille, in deren tiefster Tiefe ich Claras Stimme vernahm, die dem Kleinen leise ins Ohr flüsterte:
»Aber Benjamin ist doch unser Papa. Benjamin, und auch Amar. Und Théo. Komm, iss deine Suppe, le Petit.«
»Ich würde meinen Papa vorziehen«, antwortete le Petit, ohne seinen Teller anzurühren.
Dieser Konjunktiv II verfolgte mich die ganze Nacht. Würde vorziehen.
Das hatte er doch gesagt, der Kleine: ›Ich *würde* meinen Papa vorziehen.‹
Ich hatte nicht gewusst, dass einem vom Modus eines Verbs das Blut in den Adern stocken kann. Doch dies war tatsächlich möglich. Aus unerfindlichen Gründen sperrte dieser Konjunktiv II meine Nacht in einen Sarkophag des Schreckens. (Eine erbärmliche Metapher, ich weiß, aber ich war nicht in der Verfassung, nach einer besseren zu suchen.) Ich besaß nicht einmal die Kraft, mich im Bett um und um zu wälzen. Und hatte nicht die Gelegenheit, Julie mein Herz auszuschütten, denn Julie war nicht da. Auf Kreuzzug, meine Julie, seit der Geburt von Monsieur Malaussène. Ja, kaum aus den Wochen, schon hatte Julie sich in den Kopf gesetzt, hinter ihrer Löwinnenmähne all die Journalisten zu versammeln, die seit Januar auf die Straße geflogen waren, weil der realexistierende Liberalismus auf die menschlichen Ressourcen der französischen Medien losging. Julie plante nichts Geringeres als die Schaffung einer Zeitung, die ohne Werbung, Hierarchie, Presseagenturen auskäme, ohne »all diese Vor-

urteile« (nun ja!). »Das dauert, so lange es dauert, aber keine Angst, Benjamin, ich komme wieder, vergiss nicht: Du bist mein bevorzugter Flugzeugträger; bevatere mir gut Monsieur Malaussène und denk daran, ihm pünktlich sein Fläschchen zu geben!« Julie war Julie, und ich blieb mit der Möglichkeitsform allein.
Welche le Petit mir am nächsten Vormittag erneut servierte, vor sich, unangetastet, die gebutterten Baguettestücke.
»Ich würde meinen Papa vorziehen.«
Er nahm den zweiten Tag seines Hungerstreiks in Angriff.

Es war in den Éditions du Talion, als ich plötzlich meinen Widerwillen gegen die Möglichkeitsform begriff. So plötzlich, dass ich beinahe vom Stuhl gefallen wäre. Ich legte eben einem Autor einige Änderungen an seinem Manuskript nahe, das die Königin Zabo, meine hochverehrte Chefin, nicht ganz überzeugt hatte (»… Nur Kleinigkeiten, Malaussène, sagen Sie ihm, er müsse nur den Anfang umarbeiten, den Hauptteil abspecken und sich einen anderen Schluss ausdenken, und seinen weiblichen Figuren soll er weiblichere Züge geben, und vor allen Dingen soll er den Ton des Ganzen ändern, es sind zu viele flache Stellen darin, was wir brauchen, ist eine Handschrift, eine *persönliche Handschrift*! Ich will seine *Stimme* horen!«), als der betreffende Autor mir auf allerhöflichste Weise entgegnete:
»Ich würde es vorziehen, dies nicht zu tun.«
Wieder dieser Konjunktiv II! Derselbe wie aus le Petits Mund. Ein Konjunktiv, der keine Diskussion erlaubt. Im Grunde ein Imperativ der Höflichkeit. Aber

ein kategorischer Imperativ. Dieser Typ würde an seinem Text kein einziges Wort ändern. Er würde kein einziges Komma ändern, und wenn es sein Untergang wäre. Im selben Augenblick wusste ich, dass le Petit nichts mehr zu sich nehmen würde, bis ich seinen wirklichen Vater fände. Er würde sich schlicht und einfach zu Tode hungern. Ich hob den Kopf. Vor mir saß der Autor, fest und sanft. Zwei Wendungen gingen mir durch den Kopf: *erbarmungswürdig achtbar* und *hoffnungslos einsam*. Und um mich nicht lumpen zu lassen, eine dritte: *ausdruckslos sauber*. Wie ein Leichnam.
»Fühlen Sie sich nicht gut?«
Er war es, der die Frage stellte! Die Antwort kostete mich einen ungeheuren Kraftaufwand:
»Nein, nein, es geht schon, danke, hören Sie, ich verstehe ... schade ... ein anderer Verlag womöglich ... entschuldigen Sie, eine dringende Angelegenheit ...«
Eine Erzählung war der Grund! Deshalb setzte mir diese Möglichkeitsform dermaßen zu. Wegen einer Erzählung, die ich gelesen hatte! Die ich irgendwann gelesen hatte, und seither steckte mir der Konjunktiv in den Knochen.
Ich saß wie auf Nesseln: Ich musste es überprüfen, überprüfen, überprüfen am Text!
Sobald der Autor draußen war, hing ich an der Sprechanlage und bat Mâcon, sämtliche Vormittagstermine abzusagen.
»Sie haben sechs Verabredungen, Malaussène, zwei sind schon da.«
»Geben Sie ihnen mein Ableben bekannt. Ist Lousso im Haus?«
»In der Vertretersitzung. Warum?«
»Sagen Sie ihm bitte, er soll, so schnell er kann, in die

Bibliothek kommen. Ich bin dort und für niemanden außer ihm zu sprechen.«
In der Bibliothek brauchte ich keine zwei Sekunden, um den *Bartleby* von Melville zu finden. *Bartleby!* Von Herman Melville, *Bartleby*, jawohl, diese lange Erzählung. Wer sie gelesen hat, der weiß, mit welchem Schrecken sich der Konjunktiv aufladen kann; wer sie lesen wird, der wird es erfahren. Herman Melville, *Bartleby*. Ich schlug den Band auf, tauchte beherzt irgendwo ein, als spränge ich der entschwindenden Hand eines Ertrinkenden nach, und stieß direkt auf die Stelle, wo der Erzähler – ein eher menschlich gestimmter Anwalt – erstmals auf besagten Bartleby, die Titelfigur der Erzählung, stößt:
»Auf eine Zeitungsanzeige hin stand eines Morgens ein steifleinener junger Mensch auf der Schwelle meiner Kanzlei, denn es war Sommer und die Tür stand offen. Ich sehe seine Gestalt noch heute vor mir – ausdruckslos sauber, erbarmungswürdig achtbar, hoffnungslos einsam. Es war Bartleby.«
Es war also tatsächlich Bartleby. Ja. Jawohl. Es war Bartleby. Ich las weiter bis zu der Stelle, wo Bartleby sich zum ersten Mal verweigert. Nur wenige Seiten, und Bartleby, Schreiber in der Kanzlei des Anwalts, sollte sich weigern, mit diesem ein Schriftstück zu lesen und abzugleichen.
»Man stelle sich meine Überraschung, ich muss schon sagen, meine Bestürzung vor, als Bartleby, ohne sich aus seiner Klause zu rühren, mit seltsam sanfter, fester Stimme zur Antwort gab: ›Ich möchte lieber nicht.‹«
Hier gab es eine Fußnote, die das Problem der Übersetzung von Bartlebys Wendung – *I would prefer not to* – aufwarf. Sollte man, wie die Übersetzerin einer frühe-

ren Fassung, sagen: *Ich würde es vorziehen, dies nicht zu tun*, oder, wie in der vorliegenden: *Ich möchte lieber nicht* – was weniger höflich, dafür aber entschiedener klingt. Die Schwierigkeit der ganzen Wendung ergab sich durch dieses am Ende stehende *not to*, eine Eigenart des Englischen, die nicht beibehalten werden kann. Doch liegt die ganze Entschlossenheit Bartlebys eben in dem Gegensatz zwischen der scheinbaren Höflichkeit des Konjunktivs *I would prefer* und dem keinen Widerspruch duldenden *not to* – ein Gegensatz, der in der jetzigen Version ebenfalls nicht voll zum Tragen kommt, da *mögen*, auch wenn es ein Modalverb ist, doch nicht dieselbe ehrerbietige Höflichkeit zum Ausdruck bringt wie der Konjunktiv.

»›Lieber nicht!‹, wiederholte ich, sprang voller Erregung auf und durchmaß den Raum mit einem Satz. ›Was soll das heißen? Sind Sie übergeschnappt? Ich wünsche, dass Sie mir dieses Blatt durchsehen helfen – hier …!‹ – und damit streckte ich es ihm hin.

›Ich möchte lieber nicht.‹«

I would prefer not to.

Beim Lesen ertappte ich mich dabei, wie ich le Petits Forderung ins Englische übersetzte. Solange er auf dem festen Boden des Indikativs geblieben war: »Ich will meinen Papa haben … *I want my daddy*«, hatte ich mich nicht beunruhigt, ja diese *Wirklichkeits*form hatte mir den versteckten Hinweis geliefert, dass es sich um einen netten Scherz handelte. Aus dem Ruder gelaufen waren die Dinge in dem Moment, als der Kleine das Verb »wollen« gegen »vorziehen« eingetauscht hatte und den hieb- und stichfesten Indikativ gegen diesen hinterhältigen Konjunktiv, »ich würde meinen Papa vorziehen«. »I would prefer my daddy.«

»Ich schaute ihn durchdringend an. Sein Gesicht war hager in seiner Gesamtheit; sein graues Auge von trüber Ruhe. Nicht die geringste Spur von Erregung schien ihn zu durchbeben. Wäre nur die mindeste Unsicherheit, Empörung, Ungeduld oder Unverschämtheit an ihm wahrzunehmen gewesen, mit anderen Worten: hätte er nur irgendwie menschlich im normalen Sinn auf mich gewirkt, so hätte ich ihn zweifellos mit allem Nachdruck aus dem Hause gewiesen. Wie die Dinge aber lagen, hätte ich genauso gut meine gipserne Cicerobüste aus dem Hause weisen können.«
Tatsache war, dass mit dem Auftauchen dieses verfluchten Konjunktivs das Gesicht des Kleinen völlig ausdruckslos geworden war. Nur seine rosa Brille schien an ihm noch lebendig. Kein Leid, kein Verlangen, keine Wut … Nicht einmal Entschlossenheit! Ein Gesicht wüst und leer. »Ich würde meinen Papa vorziehen.« »I would prefer my daddy …« Eine Präferenz, die sich selbst genügte. Kein Zweifel, der Kleine hatte den Bartlebismus. Und wohin diese Krankheit führen kann, das wissen die Leser von *Bartleby*!

Ich war an diesem Punkt meiner Grübeleien angelangt, als mein Freund Loussa de Casamance, senegalesischer Fachmann für chinesische Literatur und Milchbruder meiner Königin Zabo, in der Bibliothek auftauchte.
»Nín hǎo, kleiner Depp! (Guten Tag, kleiner Depp!) Alles in Ordnung?«
»Bù. (Nein.)«
Und ich fügte noch hinzu:
»Überhaupt nicht.«
Damit er verstand, dass die Sache ernst war und ich

nicht in der Stimmung, mich darüber in seiner Wahlsprache auseinander zu setzen.
»Méi wèntí, mein Junge!«, erwiderte er, ohne sich aus der Fassung bringen zu lassen. (»Kein Problem, mein Junge.«)
Dann fragte er:
»Worum geht es?«
Als ich ihm le Petits Symptome beschrieben und meine Befürchtungen dargelegt hatte, setzte er eine nachdenkliche Miene auf.
»Bartlebismus, was …?«
»In seiner ausgeprägtesten Form, ja.«
Er sah mich an, ein Blick bar jeder Illusion.
»Und ich vermute, es wäre Zeitvergeudung, dich darauf aufmerksam zu machen, dass es sich bei Bartleby um eine *Erzählung* handelt (er betonte das Wort Erzählung), die in den Bereich der reinen *Fiktion* gehört (er legte Nachdruck auf das Wort Fiktion), und dass darin keine Absicht Melvilles zu erkennen ist, eine *medizinische* Diagnose zu stellen (er hob auch das Adjektiv medizinisch hervor).«
»Zeitvergeudung, in der Tat.«
»Wenn in diesem Stück Literatur eine Diagnose gestellt wird, so bezieht sie sich auf die Menschheit insgesamt, was im Übrigen die letzten Worte beweisen.«
»›Ja, Bartleby! Ja, Menschentum!‹ Ich weiß.«
»Du weißt.«
Eine Stille trat ein, die nicht eigentlich nach Entmutigung klang.
»Wenn ich dich nun nicht überzeugen kann, dass ›Bartlebismus‹ keine wirkliche Krankheit ist, so muss ich folglich mit dir debattieren, als wäre le Petit *wirklich* an Bartlebismus erkrankt. Richtig?«

»Richtig.«
»Nun denn! Gehen wir also von dieser Grundannahme aus«, sagte Loussa frohgemut, »aber in einem Restaurant, wenn du einverstanden bist, ich habe einen Bärenhunger. Hier in der Ecke, oder gehen wir in deine Breitengrade? Ich hätte Lust auf ein gutes Couscous, wär das was? Im Homme bleu vielleicht? Bisschen Luft aus dem Atlasgebirge schnuppern? Ich spendiere dir ein Mesfouf der Braut: Gries, Erbsen, Rosinen, innere Einkehr, Zimt und Orangenblüten, was sagst du dazu?«
Die Fortsetzung also im Homme bleu, bei Youcef und Ali, und bei einem gut gekühlten einfachen Rosé, aus dem Loussa Überzeugungskraft sog.
»Also gut, Bartlebismus. Meinetwegen. Vielleicht steckt ja in diesen Seiten *auch* eine klinische Wahrheit. Es ist ja nicht umsonst die schönste Erzählung der Welt ...«
Ausgiebiger Schluck Rosé.
»Du trinkst nicht?«
Abstellen des Glases.
»Dennoch sehe ich einen bedeutenden Unterschied zwischen deinem kleinen rosabebrillten Bruder und diesem armen Bartleby.«
»Ich nicht. Ihr Gesicht hat denselben Ausdruck.«
»Ich vermute, du willst sagen, dasselbe *Fehlen* eines Ausdrucks. Ein Gesicht für zwei, in gewisser Weise.«
Hier verlor ich die Geduld.
»Hör auf, mir mit deinen kursiv gesprochenen Wörtern und englischen Bedachtsamkeitsformeln auf den Keks zu gehen, Loussa! ›Ich fürchte, dass ...‹, ›Du willst sagen ...‹, ›Ich vermute ...‹, ›In gewisser Weise ...‹, wir sind keine alten Cambridge-Studenten, die

von Sex reden und dabei die Form wahren, verdammte Kackscheiße!«
Und weil ich gerade dabei war, fügte ich noch hinzu, dass ich persönlich nicht an Bovarysmus litt und sehr wohl auseinander halten konnte, was in den Bereich der Literatur und was in den der Pathologie fiel, dass Bartleby hier nur die Funktion einer Metapher zukam, einer Metapher freilich, die die Strahlkraft einer Leuchtrakete besaß.
»Ich rede von meinem jüngsten Bruder, der in den Hungerstreik getreten ist!«
»Wie Bartleby. Genau. Doch ist es nicht der gleiche Hungerstreik.«
»Was soll das heißen: nicht der gleiche Hungerstreik?«
»Bartleby ›would prefer *not to*‹. Dein kleiner rosabebrillter Bruder ›would prefer *seinen Papa*‹. Das scheint mir … konstruktiver zu sein. Man braucht doch bloß diesen *daddy* zu finden.«
»Du glaubst wohl, ich hätte daran nicht gedacht? Aber der Vater des Kleinen ist so unauffindbar wie irgendein Verlangen in der Brust von Bartleby.«
»Gibts ihn nicht?«
»Unauffindbar, sag ich dir doch. Im Übrigen vielleicht sogar tot.«
»Und deine Mutter hat da keinen Schimmer vom Dunst einer Ahnung?«
»Meine Mutter hält ihre Kartei in Ordnung. Sie kennt die Adresse von jedem ihrer Männer, aber nicht von diesem.«
»Dann zieh halt einen andern an Land! Irgendjemanden! Es gibt doch gewiss genügend anständige Kerle, die eine so ehrenwerte Rolle gern übernehmen. Also, falls *ich* dir diesen Dienst erweisen kann …«

Bei diesen Worten legte er seine schwarze Hand aus Casamance auf meine weiße von hier. Der Kontrast ließ ihn lächeln:
»Mit ein bisschen Überredungskunst ...«
»Ich bezweifle nicht deine genialen Fähigkeiten auf diesem Gebiet, Loussa, aber le Petit wird da nicht drauf reinfallen. Wenn wir ihm als Papa einen Statisten unterjubeln, beschleunigen wir nur die Katastrophe.«
»Instinkt?«
»Ich vermute, wie deine englischen Freunde sagen würden.«
»Wŏ huáiyí (ich bezweifle es), würden meine chinesischen Freunde antworten.«
»Trotzdem ist es so.«
Die folgende Stille, während der Youcef das Couscous auf den Tisch stellte, hallte von Ausweglosigkeit wider. Loussa bediente uns, und der Gries war wie ein Zuwachs an Stille, die in unsere Teller rieselte. Stiller Regen der Körner ... Bald waren es Dünen ... Eine sachte Linderung ... Sodass ich schließlich murmelte:
»Übrigens, wenn ich daran zurückdenke, schon merkwürdig ... le Petits Vater ist der einzige Mann meiner Mutter, der unter unserem Dach gelebt hat.«
»Ach ja? Dann kennst du ihn also ...«
»Nein.«
Da machte Loussa mir einen Vorschlag.
»Hör zu, wir genehmigen uns eine Wüstendurchquerung, und am Ende unserer Reise erzählst du mir die Geschichte, einverstanden? Beim Minztee.«
Ich musste also, während wir den Minztee tranken, in die Zeit rund zehn Monate vor le Petits Geburt zurückkehren. Schwer vorstellbar heute, diese Vergan-

genheit, da der Kleine mit seiner rosa Brille – oder auch seiner roten, denn er hat zwei – schon immer zu meiner Welt zu gehören scheint. Unsere Kinder existieren seit jeher …

Vorausgeschickte Anmerkungen, die Loussa mit Beduinengeduld aufnahm.

»Bitte«, sagte er, »lass dir nur Zeit.«

Ein Strahl Tee ergoss sich vom Himmel herab in mein damasziertes Glas.

»Ich habe einen Freund«, bemerkte ich, »der behauptet, er habe seinen Vater nie nüchtern gesehen. Von morgens bis abends voll. Voll wie eine Strandhaubitze. Er hat ihn kein einziges Mal nüchtern erlebt … Mir geht es genauso. Ich habe meine Mutter nie anders als schwanger erlebt.«

»So zahlreich seid ihr doch gar nicht in eurem Stamm.«

»Da vergisst du die Fehlgeburten.«

»Entschuldige«, entfuhr es Loussa, als hätte ich eine Serie erst kurz zurückliegender Todesfälle erwähnt.

»Macht nichts. Natürliche Regulierung der Art … vielleicht unserer Wohnfläche entsprechend, oder meinem Gehalt in den Éditions du Talion, wer weiß. Wenn die Natur es meiner Mutter erlaubt hätte, nach Herzensbegehren zu walten, würde der Haushaltswarenladen, der uns als Wohnung dient, einem Waisenhaus von Dickens gleichen. Ich müsste die Hälfte meiner Geschwister verstümmeln und betteln schicken.«

Ich strich wie die Katze um den heißen Brei. Zuletzt holte ich zum Sprung aus:

»Es war …«

2

Das Geschenk des Himmels

Es war an einem regnerischen Nachmittag. Wir brachten Maman aus dem Krankenhaus zurück, leeren Leibes und voller Tränen, über uns der Himmel hatte alle Schleusen geöffnet. Eine Stimmung, als wolle Gott nun endlich Rache üben, ich erinnere mich deutlich daran. Seit drei Tagen regnete es ununterbrochen. Die Seine drohte alles fortzuspülen. Wer seine Schäfchen im Trockenen hatte, überlegte bereits, sich eine Arche anzuschaffen.

Maman jammerte und klagte.

»Es ist grauenvoll, umsonst geliebt zu haben, Benjamin.«

In einem Krankenwagen, der gegen die Fluten ankämpfte, die über ihm zusammenschlugen, hielt ich meiner Mutter die Hand.

»Ruh dich aus, meine kleine Mutter.«

»Das war das letzte Mal, mein Großer, das schwör ich dir.«

Maman klammerte sich an Schwüre.

»Ruh dich aus.«

»Du bist ein guter Sohn, mein Kleiner.«

Der gute Sohn erfüllte seine Pflicht und Schuldigkeit.

»Du bist keine schlechte Mutter.«

Klagen und Tröstungen, die unter dem Himmel eines

Krankenwagens gebrüllt wurden, auf den der göttliche Schlagzeuger eindrosch.

»Was sagst du?«

»Dass du eine gute Mutter bist!«

Auf den Vordersitzen ging es nicht fröhlicher zu. Hinter dem Steuer saß Hadouch, neben ihm meine Schwester Louna, die nicht weniger heulte als Maman. Einer der Ärzte aus ihrem Krankenhaus, ein Neurologe, hatte sie gerade sitzen und ihr Herz dabei mächtig Federn gelassen.

»Ich knöpf ihn mir vor, diesen Hundesohn«, brüllte Hadouch. »Gib mir grünes Licht, Louna, und ich bring ihm bei, wie man liebt!«

»Nein, Hadouch, lass ihn, er kann nichts dafür, ich bin schuld. Ich schwör dir, ich, ich bin schuld!«

»So darf dich keiner behandeln, Louna! Keiner. Solange ich existiere. Beim Glauben meiner Mutter! Ich schick ihm Mo und Simon auf den Hals, dann wird er schon begreifen, was Schmerz ist, dieser alte Wichser! Wie heißt er?«

»Es ist nicht seine Schuld, Hadouch, sondern meine!«

Louna war das genaue Gegenteil unserer Mutter. Sie wurde so häufig an die Luft gesetzt, wie die Männer von Maman vor die Tür – als wollte sie in der Republik der Liebe eine Art Gerechtigkeit wiederherstellen. Doch stürzte sie jedes Mal derart tief und tat sich so weh, dass Hadouch und ich Mordgelüste bekamen. Doch Louna zu rächen hätte bedeutet, mit dem Ärztestand Tabula rasa zu machen. Selbst Hadouch und seine Freunde hätten all der Herren nicht Herr werden können. Louna war damals schon Krankenschwester, und die männliche Belegschaft schätzte es sehr, ihren Körper zu belegen. Sie gab sich ohne Be-

rechnung hin und erwartete viel. Sie glaubte, Ärzte hätten eine Seele.
Kurz und gut, im Wageninnern goss es nicht weniger als draußen. Die Scheibenwischer wälzten die Brecher der Sintflut über den Wogen der Verzweiflung. Eine dramatische Phase also. Ich verbrachte meine Zeit damit, den Aufnehmer auszuwringen. Eine jener familiären Depressionen, bei denen man einen Weltkrieg herbeisehnt oder eine anständige Krebserkrankung, irgendeine Ablenkung halt, eine kleine Zerstreuung.
Dies genau sollte das Schicksal uns schenken, in Form der Schnauze eines Mercedes, der plötzlich zu unserer Linken aus der Regenwand hervorschoss (ich sehe diese aufblitzende Schnauze noch ganz deutlich vor mir):
»Verdammt!«
Hadouch reißt das Steuer nach rechts, der andere nach links, die Karosserien schliddern haarscharf aneinander vorbei, unser Krankenwagen gerät aufs Trottoir, der Mercedes ins Schleudern.
Dessen hintere Tür fliegt auf.
Und etwas rollt heraus, genau vor unseren Kühler.
»Vorsicht!«
Erneutes Herumreißen des Lenkrads.
Dumpfer Aufprall.
»Heiliger …«
»Was war das?«
»Ich glaube, ein Mensch.«
»Ein Mensch?«
»Ein Körper. Ein Mann oder sowas.«
»Haben wir ihn erwischt?«
»Gut möglich.«
»Warte, ich seh nach.«

»Nein, bleib, ich geh.«
»Ich bin Krankenschwester, Hadouch.«
Und im Fond Maman:
»Was ist los, mein Großer?«
Ich: Nichts Maman, wir haben bloß jemand überfahren, mach dir keine Sorgen.
Draußen Louna im Wolkenbruch, gebeugt über den Körper, der neben der Ambulanz im gurgelnden Rinnstein liegt. Ihr zur Seite, klatschnass und aufrecht, Hadouch. Etwas weiter, reglos, der Mercedes, und die Silhouette eines Kerls, der, trutzig, bullig, vom Himmel niedergedrückt und unbesorgt um den Saum seiner Hosenbeine, durch die Pfützen stiefelt. Ein reines Produkt des Gewitters. Schon steht er neben Hadouch. Statt mit diesem zu reden, stößt er ihm den Lauf eines Revolvers in die Rippen. Das passiert direkt neben meinem Fenster, eine großkalibrige Kanone, in den Rippen meines Freundes Hadouch. Und ich beginne wie ein Wahnsinniger die Scheibe herunterzukurbeln und hoffe:
1. dass er mich nicht bemerkt;
2. dass ich den Typen entwaffnen kann, bevor er abdrückt, und
3. dass ich nebenbei auch noch lebend davonkomme.
Eitle Kalkulation, denn was nun folgte, geschah so blitzschnell und brutal, dass mein einziger Reflex war, die zwei Zentimeter Sekuritglas, die ich bereits heruntergeleiert hatte, wieder hochzukurbeln.
Fahlweißer Blitz aus Hadouchs Hosentasche – die Klinge seines Messer –, ein Strahl frischen Bluts auf der Fensterscheibe – sogleich vom Regen fortgewaschen –, die eine Hand des Hünen fährt hinauf zum Gesicht, während die andere den Revolver fallen lässt,

denn so eine Waffe mit zehn Zentimeter Eisen im Fleisch festzuhalten, das ist nicht ganz einfach.
Und mit Sätzen von Pfütze zu Pfütze macht sich der Hüne Richtung Mercedes davon.
Aus welchem inzwischen ein zweiter Typ springt.
Doch nur, um flugs wieder einzusteigen, denn Hadouch richtet den Revolver des andern auf ihn.
Die Türen des Mercedes schlagen zu.
Man trennt sich.
Wir sind wieder unter uns.
Hadouch hat das Heck des Krankenwagens geöffnet.
»Schieb mal die Trage her, Ben, wir ham hier einen Notfall!«
Ich gab der Trage, die Rollen hatte, einen Schubs – so kam der zukünftige Vater von le Petit in unsere Familie.
»Ich glaub, ich werd nicht mehr …«
Selbst Hadouch hatte noch nie jemanden gesehen, der so zugerichtet war. Und auch nicht Louna, die immerhin ihre Ausbildung im Rettungswagen gemacht hatte.
»Haben wir ihn überfahren?«
»Sollten wir anscheinend. Dann wär er schneller abgekratzt.«
»Was hat er denn?«
»Ferien bei Freunden gemacht«, antwortete Hadouch. »Bei den Kerls aus dem Mercedes, nehme ich an. Müssen ihn heiß und innig geliebt haben.«
»Wir fahren ins Krankenhaus zurück«, sagte Louna. »Benjamin, setz du dich vorne hin.«
Ich nahm neben Hadouch Platz, während Louna ihren Patienten mit Nadeln spickte und an Schläuche und Apparate hängte. Bald war der Krankenwagen nur noch ein blinkendes Rohrleitungssystem.

»Können wir weiterfahren?«, fragte Maman.
»Hab schon lang keinen Kanonenlauf mehr gespürt«, bemerkte Hadouch und lächelte wie ein Sportler, der endlich wieder antreten kann. »Hast du gesehen? Ich hab ihm seinen Ballermann weggenommen.«
Hadouch legte die Waffe zwischen uns.
»Ein solides Ding. Eine Elf-Dreiundvierziger. Schenk ich übermorgen Simon zum Geburtstag. Der hätt schon längst eine neue gebraucht. Trifft sich gut, Mo und mir ist ohnehin nichts eingefallen.«
»Nett von euch«, sagte ich.
»Sind wir bald da?«, fragte Maman.
Louna reinigte ein geschwollenes Gesicht voller Grind und Schorf. Plötzlich beugte sie sich zwischen Hadouch und mir nach vorn.
»Haltet mal an, Jungs.«
»Was ist? Ist er tot?«
»Los, such einen Parkplatz, Hadouch, es gibt was zu besprechen.«
Hadouch fand unter zwei triefenden Kastanienbäumen einen sicheren Ort, und Louna legte uns die Situation dar, ihren reichlich überraschenden Aspekt:
»Ich kenne den Typen.«
Sie kannte unseren Anhalter. Ohne ihn wirklich zu kennen. Er war Patient in ihrer Klinik gewesen. Das erste Mal hatte sie ihn vor knapp zwei Wochen gesehen, in der Notaufnahme, wo er, damals schon halb tot, auf dem Fliesenboden im Gang lag, ohne dass jemand wusste, wer ihn dort abgelegt hatte. Für die Nachtschicht stand fest: Der war nur noch auf Urlaub da. Man hatte ihn auf unvorstellbare Weise gefoltert. Ohne ihn zu töten. Wie ein Gefäß, in dem Geheimnisse verschlossen sind und das man aufzubrechen ver-

sucht. Dieser Typ musste irgendetwas wissen, was die anderen gern gewusst hätten. Jemand hatte dieses Geheimnis unter seinen Nägeln gesucht und sie ihm zu diesem Zwecke einzeln ausgerissen. Das war offenbar der Auftakt gewesen. Dann hatte man im Mund nachgeschaut, die Zähne sahen nicht mehr besonders präsentabel aus. Und so war es weitergegangen. Ergebnis: höchstens noch ein paar Stunden, die ihm zu leben blieben. Jedoch: Er überstand die Nacht. Was ein solches Wunder war, dass die Oberbosse ihn am nächsten Tag alle mit einer Visite beehrten. »Ich gebe ihm drei Tage!« Die optimistischsten Ärzte gaben ihm drei Tage. Er hielt sich länger. Die Sache wurde spannend. Die Medizinerzunft fing an, Wetten abzuschließen. Der Ex-Neurologe von Louna trieb den Preis in die Höhe. »Eine Million alte Franc, dass er die Woche übersteht! Wer schlägt ein?« Kein Patient in der Klinik wurde so verhätschelt wie er.

»Wie heißt er?«, fragte Hadouch.

»Name unbekannt«, antwortete Louna.

»Hat er mit euch nicht geredet?«

»Nicht wirklich. Er delirierte. Auf Englisch. Mit amerikanischem Akzent.«

Der Amerikaner war kurz davor, die Woche zu schaffen (und der Neurologe, seinen Gewinn einzustecken), als er verschwand, in der Nacht des siebenten Tages.

»Wie?«

»Entführt. In der Nacht. An seiner Stelle lag ein Krankenpfleger im Bett. Tot.«

Plötzlich erinnerte ich mich, ja, Louna hatte mir diese Geschichte von der Entführung vor einer Woche erzählt. Aber ohne die Einzelheiten, denn ihr Neurologe hatte bereits mit ihr Schluss gemacht und sie für nichts anderes mehr Platz im Kopf. (»Ich kann nicht lieben, das ist es! Ich kann nicht lieben. Ich meine nicht die Technik, da bin ich nicht schlecht, aber was die Gefühlsseite betrifft; die Männer haben Recht, Benjamin, ich klammere zu sehr!«)

»Wir können ihn nicht ins Krankenhaus zurückbringen«, schloss Louna. »Die holen ihn sich gleich wieder, und wenn sie ihn dann zum Reden gebracht haben, geben sie ihm den Rest.«

Ich schlug ein anderes Krankenhaus vor.

»Die werden alle Pariser Krankenhäuser abklappern. Typen, denk doch nur, die imstande sind, einen Krankenpfleger umzubringen, um einen Patienten zu entführen ...!«

»Die Polizei?«

Hadouchs Ironie brachte mich abrupt zum Verstummen.

»Gute Idee! Die fragt uns dann, wie wir mit dem Typen Bekanntschaft gemacht haben, und wenn ich Simon die Elf-Dreiundvierziger wirklich zum Geburtstag schenken will ... Nein doch, wirklich ausgezeichnet, die Bullen!«

Seine Augen begannen plötzlich zu funkeln, und er wies auf etwas hinter mir:

»Tja, und wenn wir schon dabei sind, können wir ihnen auch gleich das da abliefern ...«

Ich drehte mich um.

»Was ›das da‹?«

»Na, das da! Was da in der Führungsschiene deiner Scheibe klemmt.«

Offenbar ein Stückchen Kunststoff von verwaschenem Rosa. Das in der Tat oben zwischen Scheibe und Blech

eingeklemmt war. Aber schneller als meine Augen sagte mir mein Herz, was dieses Stückchen Kunststoff in Wirklichkeit war. Ein Ohr! Das Ohr des Muskelpakets mit der Elf-Dreiundvierziger. Daher der Blutstrahl, natürlich. Ich konnte gerade noch die Tür öffnen, um Hadouch nicht auf die Knie zu reihern.
Als ich schließlich den Kopf wieder ins Wageninnere zurückbeugen konnte, hatte Louna das Ohr bereits in einem sterilen Säckchen verstaut, und die beiden hatten ihren Entschluss gefasst.
»Wir verstecken ihn bei uns zu Hause.«
»Wen?«
»Unseren Verletzten. Ich werde ihn bei uns zu Hause pflegen.«
»Kommt nicht in Frage!«
Höchst beeindruckend, die Zahl unerfreulicher Bilder, die mir allein schon bei dieser Aussicht vor Augen traten. Um mich auf die wichtigsten zu beschränken: Ich sah mich geschlagen mit einer trauernden Mutter und einer vor Liebe vergehenden Schwester, denen man mir nichts, dir nichts noch einen im Sterben liegenden Fremden hinzugesellen wollte, der zudem über ein Wissen verfügte, das ihm die schlimmsten Killer von Paris zu entreißen gedachten.
»Nein!« Und ich wiederholte: »Nein, nein! Kommt nicht in Frage!«
»Kann ich dich einen Augenblick sprechen, Ben?«
Hadouch stieg aus, ich folgte ihm hinaus in den Regen.
»Du hast Angst, dass wir Besuch kriegen, stimmts? Dass der Arsch auftaucht, um den netten Herrn da und bei gleicher Gelegenheit auch sein Ohr wieder abzuholen?«

»Unter uns: ja.«
Hadouch legte mir die Hand auf die Schulter.
»Da tust du mir wirklich weh, Ben. Du verletzt den Araber in mir. Sind wir etwa nicht in der Lage, euch zu beschützen? Sind Mo und Simon etwa Nullen? Wird ihnen bestimmt Freude machen, das zu erfahren … Hast wohl kein Vertrauen mehr? Magst wohl Belleville nicht mehr?«
»Das habe ich nicht sagen wollen.«
»Und Louna? Hast du an Louna gedacht?«
Nanu, wieso sollte ich dabei an Louna denken?
»Das ist ein seelischer Tauschhandel, die Angelegenheit, Ben. Sie braucht diesen Sterbenden, um ihre eigene Wunde zu verarzten. Hast du das nicht kapiert? Sie wird sich aufopfern, bis sie vergessen hat, wenn du meine Meinung wissen willst. Etwas Besseres konnte ihr nicht widerfahren. Ein Geschenk des Himmels in gewisser Weise. Soll sie vergessen oder ihren Neurologen kastrieren, was ist dir lieber?«
Wir stiegen wieder in den Krankenwagen. Ich betrachtete das Geschenk des Himmels.
»Mein Gott, wie dürr er ist!«
Louna erwiderte:
»Das macht der Bandwurm, Ben.«
Und präzisierte noch:
»Taenia solium.«

3

Das Gedächtnis des Bandwurms

Sich erinnern heißt: subtrahieren. Wir waren damals nur zu fünft. Selbstverständlich gab es le Petit noch nicht, aber auch nicht Verdun und C'Est Un Ange und Monsieur Malaussène, und ebenso wenig Julie, der ich noch nicht begegnet war. Ja selbst Julius der Hund wartete noch darauf, geboren zu werden und uns auszuerwählen. Blieben also Louna, Thérèse, Clara, Jérémy und ich. Und Maman, sofern sie da war.
Im Großen und Ganzen wurde unser Folteropfer gut aufgenommen.
»Wir werden ihn hegen«, sagte Jérémy. »Hegen und hüten.«
»Hüten?«, fragte Thérèse. »Wieso sollten wir uns vor ihm hüten? Wir kennen ihn doch gar nicht!«
»Ich hab nicht gesagt ›uns vor ihm‹, sondern ›ihn‹.«
Und weil Thérèse noch immer nicht verstehen wollte:
»Ihn hüten! Ihn gut hüten! Nicht *uns* vor *ihm*, sondern *ihn* vor den *anderen*! Ihn schützen halt! Damit ihm keiner was tut! Kapierst dus, oder bist du zu blöd?«
Diese Kunst des Missverständnisses, die Thérèse und Jérémy von jeher pflegen, gibt ihrer Beziehung die Würze. Sie sind sich in allem einig und verstehen sich nie. Auf diese Art ertragen sie es, Geschwister zu sein, lebenslänglich.
»*Be*hüten, du willst sagen: ihn *be*hüten und *be*schützen.«

Thérèse ritt damals schon die hohe Schule der Wörter. Sie baute wohlstrukturierte, Funken schlagende Sätze und ließ ihrem Wortschatz nur selten die Zügel schießen.
»Sag ich doch, ihn hüten und schützen.«
Tatsächlich wurde unser Pensionsgast gut »gehütet«. Hadouch hatte mehr lange Arme als der vielarmige Shiva. Und seine rechten Hände verfügten ihrerseits über rechte Hände. Mo der Mossi und Simon der Kabyle befehligten eine Armee von Leutnants, denen ein unzählbares Heer von Soldaten unterstand ... Sich unserem Haushaltswarenladen unbemerkt auf weniger als achthundert Meter zu nähern glich einer Heldentat. Was das Muskelpaket mit dem abgeschnittenen Ohr zu spüren bekam. Er hatte geglaubt, mit Engelsmiene und einer tief in die Stirn gezogenen Mütze Belleville auskundschaften zu können, hatte die Aktion aber früher als geplant abgebrochen, heilfroh, dass sein zweites Ohr nicht auf der Strecke geblieben war.
»Überzeugt?«, fragte mich Hadouch.
Unsere Schutzengel hatten ihre Flügel ausgebreitet. Belleville nahm uns unter seine Fittiche. Der Stamm konnte mit geschlossenen Augen auf die Straße gehen. Wir waren vorübergehend unsterblich. Sogar der Regen wagte kaum, uns nass zu machen.
Was unseren Sterbenden betraf, so hatte er das Krankenhaus gegen eine Festung eingetauscht, wo jeder sich seiner Wiederauferstehung widmete.
»Was fehlt ihm eigentlich genau?«
Es war ein brechend voller Hörsaal, vor dem Louna die anatomische Katastrophe beschrieb. Der Malaussène-Stamm war da, selbstverständlich vollzählig, aber

auch die Ben Tayebs, der alte Amar und Yasmina, sowie Hadouch, Mo und Simon, diese eskortiert von ihrem Generalstab. Das Ganze fand oben in meinem Zimmer statt, wo, von Äthergeruch umwölkt, der Gemarterte lag. (Maman allerdings war im Bett geblieben, sie beweinte beharrlich den Tod eines Wesens, das noch gar nicht geboren war.)
Louna hielt ihren Vortrag im weißen Kittel. In der Luft lagen Asepsis und Wissensdurst.
»Keine letale Verletzung, doch hochgradige Dehydrierung und extreme Kachexie, weshalb sein Leben nur noch an einem Faden hängt.«
Hadouch übersetzte seinen Truppen:
»Soll heißen, er hat nichts Tödliches, er kratzt bloß vor Hunger und Durst ab. Was noch?«
Louna zählte die erlittenen Qualen auf.
»Ausgerissene Nägel, eingeschlagene Zähne, Verbrennungen unterschiedlichen Ursprungs ...«
»Man könnte meinen, sie hätten ihn rupfen wollen wie ein Hühnchen«, bemerkte der alte Amar. »Schaut euch nur die Haut auf seiner Brust an ...«
»Ein Schweißbrenner«, urteilte Simon. »Die hattens eilig. Wie wenn man beim Weißbindern mit der Rolle arbeitet ...«
Hadouchs Kenntnisse über investigative Verbrennungen verfeinerten die Diagnose:
»Die kleinen runden Löcher da, die rühren von Zigaretten her. Helle, mit spitzer Glut, Soldaten-Zigaretten. Während die Krater auf den Fußsohlen Zigarren gewesen sind. Da hat ihn der Chef von der Bande interviewt. Ein dicker Boss, der auf Double Corona steht. Einer, der unvorsichtig genug ist, Spuren zu hinterlassen.«

Mo der Mossi äußerte eine Hypothese:
»Spuren waren denen egal. Die wollten ihn zum Reden bringen und dann umlegen.«
»Spuren auf einer Leiche werden zu Indizien«, gab Hadouch zu bedenken.
Die Zuhörer notierten sich alles im Kopf.
Louna setzte ihre Lehrstunde über zerrüttete Anatomie fort:
»Eine ausgekugelte Schulter, am Knie eine Hämarthrose, zwei gebrochene Rippen …«
Mo: Zwei Rippen kaputt? Stecken die in der Lunge?
Louna: Nein, keine Lungenperforation, er spuckt kein Blut. Aber er erbricht welches. Er hat bestimmt viel Blut geschluckt.
Mo: Das is passiert, wie sie sich um seine Zähne gekümmert ham! (Zu seinen Männern:) Immer spucken lassen, wenn man sich die Zähne vornimmt! Sonst schlucken und schlucken die, und wenn mans am wenigsten erwartet, versaun die eim dann alles.
Louna: Entzündete Wunden, Geschwüre an Hand- und Fußgelenken …
Simon: Wann ist er aus deim Krankenhaus verschwunden?
Louna: Vor zehn Tagen etwa.
Simon (zu seinen Männern): Zehn Tage lang ham die ihn gefesselt gehalten.
Hadouch: Noch ein Indiz. Was kommt unterm Strich bei raus?
Lounas Kopfschütteln war ein pessimistisches:
»Katastrophale Werte: ein Blutdruck von 60, alarmierender Harnstoffgehalt … die Blutsalze total durcheinander, beständig Fieber …«
»Irgendeine Chance, dass er durchkommt?«

Scharf fuhr eine bis dahin ungehörte Stimme dazwischen:
»Er wird nicht sterben.«
Alles verstummte. Schneidend wie ein Urteilsspruch zerteilte Thérèse die Versammlung, schob Louna allein durch die Autorität ihres Blickes beiseite, nahm die Hand des Märtyrers, drehte sie flach um, strich lange Zeit über die Innenfläche und begann schließlich, still versunken darin zu lesen; zuletzt wiederholte sie:
»Er wird nicht sterben.«
Dann fügte sie hinzu:
»Er ist nicht irgendwer!«
Und:
»Er wird es weit bringen.«
JÉRÉMY: Hör auf, dich interessant zu machen. Sag uns lieber, wer es ist.
THÉRÈSE: Die Linien der Hand sind kein Personalausweis.
JÉRÉMY: Was bringt dann dein Stuss?
THÉRÈSE: Euch vorauszusagen, dass er nicht sterben wird.
JÉRÉMY: Ist doch klar, wo wir ihn hegen!
Eine Auseinandersetzung, die von Clara unterbrochen wurde. Mit ihrer Fotografen-Samtpfötigkeit, dieser so sanften Kunst, sich durchsichtig zu machen, war sie ans Fußende des Bettes geschlichen, hatte den Blick in die alte Rollei versenkt und den Arm gehoben, jetzt drückte sie auf den Auslöser:
Blitzlicht und:
»Nooooo! Manfred, I did'nt kill you!«
Lag es am Blitzlicht? Der Verletzte richtete sich im rechten Winkel auf, und mit einer Stimme, die an ei-

nem Halbtoten überraschte, brüllte er diesen englischen Satz:
»Nooooo! Manfred, I did'nt kill you!«
Das kam von so tief drinnen, spülte einen solchen Schmerz herauf, zeugte von solcher Gewalt und solch zerstörerischem Unglück, das trat aus so weit aufgerissenen Augen hervor, dass sich mein Innerstes nach außen stülpte.
»Was hat er gesagt?«, fragte Jérémy.
»Er wendet sich an einen gewissen Manfred«, übersetzte Thérèse. »Er beteuert ihm, dass er ihn nicht getötet hat.«
»Ach so«, bemerkte Hadouch, »der Kerl ist vom Fach …«

Alles in allem kam der Kerl vom Fach genau richtig. Gerade hatte österliches Glockengeläut die Schulferien verkündet. Bei Thérèse und Clara gestaltete sich dies Intermezzo stets problemlos – die beiden gingen still ihrer jeweiligen Leidenschaft nach; Jérémy dagegen war nicht die Art von Junge, der im Modellbauclub selbstvergessen Flugzeuge zusammenleimt. Und ihn in eine Ferienkolonie schicken hieß, das Risiko eines blutigen Kolonialkrieges einzugehen.
Nein, unser Pensionsgast kam wie gerufen. Er beschäftigte die Truppen von Hadouch, tröstete Louna, legte Jérémy an die Kandare, faszinierte Thérèse, und ich glaube, ich täusche mich nicht, wenn ich sage, dass Clara dank seines Aufenthalts in unserer Familie zur Meisterköchin wurde. Bei seiner Ankunft fehlte es ihm an allem: an Kohlehydraten, Eiweißen, Fetten, sämtlichen Vitaminen und Unmengen von Wasser als Bindemit-

tel; er musste genau und reichlich ernährt werden. Umso mehr, als er mit seinem Bandwurm halbe-halbe machte. Eine ausgeglichene, aber kräftige Kost also.
»Und vor allem qualitativ wertvoll, französische Qualität! Immerhin ist er Amerikaner und darf nicht enttäuscht in die Staaten zurückkehren.«
Hierin war Jérémy eisern.
Von Lendenschnitte Rossini über Seezungenfilet in Mornaysauce bis zu Kalbsragout und Burgunderbraten wurde unserem Kranken wirkliche Kultur aufgetischt, die in unregelmäßigen Abständen von Yasminas Couscous und einer Lammkeule à la Montalbán ergänzt wurde. Königliche Mittag- und Abendessen, Jahrhunderte der Kochkunst, die gegen die Barbarei der Hamburger aufgeboten wurden. Clara kochte millimetergenau, und Jérémy kümmerte sich um die Präsentation. Er entwickelte sich zum Champion unter den Fooddesignern. Thérèse hielt das für überflüssig, da jedes Gericht, so fein komponiert es auch war, im Mixer püriert wurde und in einer Plastikblase landete, die Louna mit der Magensonde verband.
»Kein Grund, die äußere Form zu vernachlässigen, bloß weil er nur Brei essen kann«, setzte Jérémy Thérèse auseinander. »Guck mich an: Wenn ich in einem Aufsatz nichts zu sagen weiß, dann achte ich auf meine Handschrift. Das ist eine Frage des Prinzips.«
»Hast du den Druckverband auch nicht vergessen?«, fragte Louna.
»Phosphalugel gestartet!«, meldete Jérémy wie ein wachhabender Offizier. »Sie können Gas geben!«
Woraufhin Louna die Blase zu kneten begann. Die Augen der ganzen Familie folgten der Nahrung, wie sie von Ring zu Ring durch den Schlauch der Sonde

vorwärts kroch, dann richtete sich die allgemeine Aufmerksamkeit auf das Gesicht des Kranken:
»Anscheinend schmeckts ihm.«
Für einen Augenblick durch den Druckverband gebändigt, rollte sich der Bandwurm zusammen und ließ seinen Wirt, dessen Gesicht Farbe bekam, in Ruhe speisen.
»Ja, sieht so aus, als würde es bei ihm Anklang finden.«
»Muss ja! Ist alles erste Qualität. Habe ich auf dem Markt auf der Place des Fêtes eingekauft.«
All diese Äußerungen waren dazu bestimmt, uns zu beruhigen, denn wenn diese Essen zwar gut verliefen, so war doch die Wahrheit, dass sie meistens bös endeten. Die wenigen Kräfte, die unser Patient während der Nahrungszufuhr sammelte, verbrauchte er bereits wenige Minuten später wieder in einem – stets demselben – wutbebenden Schrei:
»Cristianos y Moros!«
Dann fiel er ausgelaugt, als ob er nichts gegessen hätte, auf sein Lager zurück.
Das erste Mal fragte Jérémy:
»Was heißt das?«
»Christen und Mauren!«, übersetzte Thérèse.
»Mauren?«
»Araber«, erläuterte Thérèse.
»Ist das Englisch?«
»Spanisch«, stellte Thérèse richtig.
»Cristianos y Moros!«, wiederholte der andere.
»Spricht er nun Englisch oder Spanisch«, knurrte Jérémy und warf einen misstrauischen Blick auf Thérèse.
Für gewöhnlich fiel unser Kranker nach diesem Schrei in ein so tiefes Koma, dass Louna ihr Latein ausging.

Dann setzte sich der Bandwurm zu Tisch. Der Bandwurm schnurrte wie eine Katze. Das ist nur ein Bild, gewiss, ein akustisches Bild, aber für uns alle stand fest: Etwas fraß im Innern unseres Patienten, etwas Widerwärtiges einverleibte sich gierig Claras Haute Cuisine, eine verborgene, selbstzufriedene Unersättlichkeit saugte diesem Körper die Substanz aus. Und dieser Raubbau entfachte von neuem den Schmerz der Seele:
»No, Manfred, no, it's not me!«
Er delirierte. Es klang mehr nach einem Gluckern als nach Worten. Blasen, die an die Oberfläche eines abgestorbenen Bewusstseins stiegen. Das Gären der Verzweiflung.
»Papa ist schuld an deinem Tod, Manfred!«
Oder wütender Protest:
»Dein Sohn ist schlecht erzogen, Philip! Er schiebt mir Bomben untern Hintern!«
Thérèse, ein Notizbuch auf den spitzen Knien, schrieb mit.
»Sankt Patrick! Wo hast du Jerónimo versteckt?«
Thérèse suchte nach dem sinnstiftenden Faden. Sie trieb die Wörter in die Enge und übersetzte nah am Text.
»Papa, ich will deine Bonbons nicht! Manfred ist tot! Ich bin hier, um dich deine Jungen fressen zu lassen.«
Und nach jeder Mahlzeit stets dieses mark- und beinerschütternde Leitmotiv:
»Cristianos y Moros!«
Ein echter Kriegsruf. Hadouch war der Erste, den es zu beunruhigen begann.
»Was hat er nur gegen die Ungläubigen und die Araber? Was will der Typ von uns?«
»Cristianos y Moros!«

»Und wenn er ein Mossad-Agent ist?«
Hadouch machte sich Sorgen. Hadouch sah uns bereits vom israelischen Geheimdienst unterwandert und in einen dieser Religionskriege hineingezogen, von denen die Abfalleimer explodieren. Er holte den Rabbiner aus der Rue Vieille-du-Temple. Rabbi Razon, ein Mann des Friedens, verbrachte eine Nacht am Bett des Märtyrers. In seinem Urteil war er kategorisch. Auf die ihm eigene Weise ironisch und versonnen, doch kategorisch:
»Es ist ein Jude, ja, er hat einen ausgeprägten Familiensinn. Aber seid ganz beruhigt, seine Tochter beschäftigt ihn mehr als die Christen und Mauren.«
»Seine Tochter?«
»Adonai, Dios Santo! Sie zieht sich die Gojim reihenweise rein. Juden auch, nebenbei gesagt. Sie ist ein feuriges Mädchen.«
»Eine Hure?«
»Nein, mein Junge, sie heiratet jedes Mal.«
»Was noch, Rabbi?«
»Der Mann ist mächtig.«
»Und weiter?«
»Hat ein Gedächtnis von ungeheurer Kapazität. Das völlig überfüllt ist.«
»Weiter?«
»Ein mutiger Kerl.«
»Noch was?«
»Lebt koscher.«
Dann ergänzte er:
»Auf seine Weise. Er ist ein Mann des Gesetzes. Aber in ihm frisst der Wurm. Ich komme hin und wieder vorbei und schaue nach ihm.«
»Sie sind jederzeit willkommen, Rabbi.«

Eines Morgens brüllte der Schläfer mit Donnerstimme ein neues Wort:
»Cappuccino!«
Jérémy, der Wache hatte, kannte dieses Wort nicht. Er weckte Thérèse.
»Dammi un cappuccino, stronzino, o ti ammazzo!«
»Einen Cappuccino, sonst bringt er dich um«, übersetzte Thérèse mit einer gewissen Genugtuung. Und setzte hinzu: »Er spricht jetzt Italienisch.« Dann bemerkte sie noch: »Englisch, Spanisch, Italienisch – er muss ein New Yorker Jude sein. Weck Clara auf, wegen des Cappuccinos. Das ist eine Art Milchkaffee oder so was …«
Der Cappuccino wirkte auf den Bandwurm wie eine Harpune, die die Flanke einer Muräne durchbohrt. Aus dem Schlaf geschreckt, bäumte sich das Tier im Bauch des Kranken. Eine rasende Anakonda, die mit dem Kopf gegen alle Türen rennt. Der New Yorker wand sich im Bett. Vor Schmerz und Lachen. Dieser Cappuccino war ein Streich, den er seinem Wurm gespielt hatte. Die Folge: Geschrei, und: Lounas Erwachen.
»Ein Bandwurm und Kaffee? Seid ihr vollkommen verrückt? Jérémy, schnell, Joghurt! Joghurt und den Druckverband!«

Friedliche Ferien also. Jeder war auf seinem Posten und ich am Bett von Maman. Sie litt, weil sie nicht zwei war. Wir anderen sechs unter ihrem Dach zählten nicht. Wenn ich ihr von dem Kranken berichtete, so mit der Absicht, sie zu zerstreuen; wenn sie vorgab, sich für ihn zu interessieren, so aus Zerstreutheit.

»Apropos, wie geht es eurem New Yorker Juden?«
»Er krebst so vor sich hin, Maman.«
Ja, er gewann an Gewicht und Farbe, heilte zusammen und bekoberte sich, alle Zeiger auf seinem Armaturenbrett standen wieder so gut wie im Normalbereich, sein Bewusstsein jedoch blieb auf Tauchstation. Dass er Jérémy einen kleinen Depp genannt hatte (stronzino), hatte uns Hoffnung gemacht. Doch nein, dieser lichte Augenblick bezog sich auf einen stronzino aus seinem früheren Leben, auf irgendeinen anderen kleinen Depp, der sich in seinem Delirium versteckt hielt.
»Sehr beunruhigend«, begann Louna.
Sie brummelte diagnostizierend vor sich hin:
»Nicht orientiert zu Zeit und Ort, Delirium, Verwirrung, Umnachtung ...«
Nachdenklich ruhte ihr Blick auf dem Bettlägrigen ...
»Wenn er, während alles sich normalisiert, unverändert in diesem Zustand bleibt, so liegt womöglich ein Schädel-Hirn-Trauma vor, ein subdurales Hämatom oder dergleichen.«
Ihre Schlussfolgerung:
»Wir müssen einen Spezialisten hinzuziehen.«
Der Spezialist war in null Komma nichts gefunden. Das Glücksrad wies auf Lounas Neurologen, auf den Peiniger ihres Herzens.
»Gibt es wirklich niemand anders?«, fragte Hadouch.
»Er ist der Beste«, entgegnete Louna. »Sei nett zu ihm, Hadouch. Es handelt sich um einen rein beruflichen Kontakt.«

4

Das Wort des Spezialisten

Der »Beste« untersuchte den New Yorker Juden vor Rabbi Razons und unser aller Augen. Er lotete die Tiefe seines Komas aus. Ein wahrer Brunnenbohrer des Unbewussten.

»Schauen wir zunächst einmal, wie er auf Schmerz reagiert.«

Er zog ihm die Ohren lang, bis sie Hasenlöffeln glichen, verdrehte ihm die Brustwarzen, dass unsere Münder sich verzerrten, und die Backpfeifen, die er ihm versetzte, waren so echt, dass selbst Hadouch beeindruckt war. Simon der Kabyle kommentierte trocken:

»Wusste gar nicht, dass ich Arzt bin.«

Der New Yorker muckste nicht und wachte nicht auf. Gerade einmal einen dieser delirierenden Sätze gab er von sich, und den auch noch im Plauderton:

»You may say what you like, Dermott, but if you don't drop Annie Powell, I'll make you eat Bloom's kidneys and I'll give yours to his cat.«

»Übersetzung?«, fragte Jérémy Thérèse.

»›Du kannst sagen, was du willst, Dermott, aber wenn du Annie Powell nicht freilässt, lass ich dich Blooms Eier fressen und werf deine seiner Katze vor.‹«

Lounas Spezialist beschied, dass der New Yorker im »Wachkoma« sei.

»Habt ihr einen Hammer?«
Wir tauschten Blicke untereinander, doch Louna nickte vertrauensvoll mit dem Kopf, und ein paar Sekunden später hämmerte der Fachmann für Bewusstseinsergründung auf unseren Patienten ein: Knöchel, Knie, Schultern, Ellbogen und Handgelenke, alles kam an die Reihe; der schlafende New Yorker wurde zur himmlischen Marionette, seine Gliedmaßen hüpften mit wiedergefundener Kraft in alle Windrichtungen. Bei jedem Schlag stieß er einen Eigennamen hervor und einen Fluch, der es in sich hatte:
»Rupert, Hurensohn! Stanley, scheiß Schlitzauge!, Zorro, Hund deiner Hündin! Mac Neil, Mutterschweinangler!«
Der Vorrat war unerschöpflich.
»Auch nichts Auffälliges, was die Reflexe betrifft«, schlussfolgerte der Hirngelehrte, »ist alles in Ordnung. Vielleicht ein Anflug von Paranoia, aber das fällt nicht in mein Ressort.«
Er bat um eine Taschenlampe. Die jüdisch-newyorkischen Pupillen zogen sich unter dem gebündelten Lichtstrahl zusammen, bis sie nur noch ein ingrimmiger Stecknadelkopf waren:
»Do the same fucking thing, Cowboy, and you'll end up playing with your whistle at the corner of West 47th Street!«
»›Mach so was noch mal, Cowboy, und du kannst an der Ecke der 47. Straße West auf der Trillerpfeife blasen!‹«, übersetzte Thérèse.
»Scheiße«, sagte Hadouch.
»Was ist?«, fragte Mo der Mossi.
»Ein Bulle«, antwortete Hadouch.
»Ein Oberbulle«, präzisierte Simon.

»Woher wollt ihr das wissen?«, fragte der Mossi.
»Weil die Bullen das immer sagen, wenn sie ihre Untergebenen anschnauzen. Drohen ihnen damit, dass sie als Verkehrsbulle enden.«
»Dann ist er ein Sheriff?«, fragte Jérémy.
»Wenn du so willst«, räumte Hadouch ein.
»Dann nennen wir ihn so!«, entschied Jérémy.
»Sheriff?«, fragte Thérèse.
»Sheriff«, bestätigte Jérémy.
Woraufhin sich der Nervenmann praktisch auf den Sheriff legte und ihm den Schädel in alle Richtungen drehte.
»Der Kopf ist frei beweglich«, bemerkte er, als er sich wieder aufgerichtet hatte. »Alles in bester Butter!«
Der Akribiker gewann im leuchtenden Blick von Louna wieder an Terrain, das konnte ich deutlich sehen. Der Rückfall stand unmittelbar bevor. Warum, zum Teufel, konnte diese Frau nicht außerhalb der Ärzteschaft lieben? Ich machte mir umso mehr Sorgen, als Hadouch nichts von alldem entging. Mit finsterem Blick versetzte er Mo einen leichten Rippenstoß, der unmerklich nickte und die Botschaft an Simon weitergab.
»Gut«, sagte der lounaerfahrene Approbierte, »mal schauen, wie es mit dem Babinskischen Reflex aussieht.«
Er drehte sich uns zu und zeigte auf die Füße des Sheriffs:
»Ich kitzele ihn jetzt«, erläuterte er, »wenn der große Zeh sich aufwärts biegt und nicht nach unten, dann gibt es im Innern der zentralen Hirnfabrik ein ernstes Problem.«
Hadouch, Mo und Simon fixierten ihn.
Jérémy beugte sich zu mir.

»Findest du nicht, dass er wie ein Surfbrett aussieht?«
Die Frage überrumpelte mich.
»Wer?«, flüsterte ich.
»Na, der Typ von Louna.« Jérémy ließ nicht locker: »Er sieht doch aus wie ein Surfbrett, findste nich?«
Diese geniale Fähigkeit, die Identifizierung durch Vergleich, hat Jérémy von jeher besessen. Alle in unserer Familie verdanken es ihm, wie sie heißen. Hat er einer Person erst einen Namen verpasst, ist es unmöglich, sie sich anders vorzustellen als in seinem Licht. Unsere Letztgeborenen zum Beispiel – le Petit, Verdun, C'Est Un Ange und Monsieur Malaussène –, sie alle hat er auf den ersten Blick treffsicher beim Namen genannt ... C'Est Un Ange ist *wirklich* ein Engel, Verdun hat *alle* Eigenschaften der Schlacht, die diesen Namen trägt, und le Petit sollte, wie zu sehen sein wird, tatsächlich ganz, ganz klein zur Welt kommen. Und es bleiben.
Gewiss, ja, dieser Typ da, der Lounas Geliebter gewesen war und wieder sein würde und der momentan das Koma des Sheriffs auslotete, sah einem Surfbrett zum Verwechseln ähnlich: klare windschnittige Stromlinienförmigkeit, lange Muskulatur aus Fiberglas, Körperbiegung und Hüftschwung des Wellenreiters, das Segel der Haare im Wind, das edle Profil dem Passat dargeboten, lässiges Behagen der Strände, und – abgesehen vom Berufsjargon – ein Wortschatz von dreißig Wörtern, der ihm zur Verfügung steht.
»Hab ich Recht?«, Jérémy blieb am Ball.
»Doch ja, ein bisschen.«
»Und so nennen wir ihn: Planche à Voile!«
Planche à Voile also machte sich daran, dem Sheriff die Füße zu kitzeln, um den Babinskischen Reflex zu testen. Alle Blicke wanderten zum großen Zeh des

Komapatienten. Der Zeh bog sich weder abwärts noch aufwärts. Keinerlei Reaktion hier. Nur ein kurzes verschmitztes Lachen und ein Satz, der Thérèse ohnmächtig schweigen ließ.

»Moische, gib mir a sloj soire gerkes un a hejft kilogram kawe, dus is far majn worm.«

Stille.

»Übersetzung?«, fragte schließlich Jérémy.

»Die Sprache kenne ich nicht«, gestand Thérèse. »Es ähnelt dem Deutschen, aber es ist nicht Deutsch.«

»Das ist Jiddisch«, ließ sich versonnen die Stimme von Rabbi Razon vernehmen.

»Und was heißt es?«, fragte Jérémy.

»›Mosche, gib mir eine Lage Salzgurken und ein Pfund Kaffee, für meinen Wurm.‹«

»Kommt nicht in Frage!«, protestierte Louna, als ob der Krämer Mosche im Zimmer wäre.

»Dieser Mann kämpft gegen seine Seele«, erklärte Rabbi Razon, »huerco malo! Ein gemartertes Herz, er bestraft sich selber und ist ein tapferer Kerl.«

Planche à Voile setzte seine Erkundungen fort, ehe er schließlich seine Schlüsse zog:

»Kein Meningismus, kein Pyramidenbahnzeichen, normaler Muskeltonus und normale Reflexe, kein Anzeichen für ein subdurales Hämatom oder eine Hirnblutung ...«

Dann, zu Louna gewandt:

»Ihm gehts blendend wie Zahnpasta, meine Große, hast saubere Arbeit geleistet!«

Einen Moment lang glaubte ich, die »Große« werde unter der bernsteinfarbenen Glut seines Blicks dahinschmelzen, aber Hadouchs Stimme hielt die Zimmertemperatur unter Null.

»Weshalb wacht er dann nicht auf, wenn er so gesund ist?«
»Hysterie vielleicht, ich weiß nicht.«
»Und was unternimmst du, um es rauszukriegen?«
»Täglich zur selben Stunde vorbeischauen.«
»Wozu?«
»Um ihn zu beobachten. Wie sagte mein Lehrer Dingsbums noch: ›Die Neurologie ist eine kontemplative Wissenschaft. Sehen Sie zu, wie Sie damit zurechtkommen.‹«
Das Duell wäre gewiss noch weitergegangen, wenn nicht Clara mit dem Tagesmenü erschienen wäre.
»Provenzalische Lammkoteletts und Gratin dauphinois«, verkündete sie.
Da wir nun schon gerade anwesend waren, wohnten wir dem kleinen Imbiss bei. Der wie üblich zu Ende ging:
»Cristianos y Moros!«
Und hier holte das Surfbrett den entscheidenden Punkt.
»Ach so!«, bemerkte er.
»Was ›ach so‹?«, fragte Hadouch.
Planche à Voile antwortete höchst herablassend:
»Lasst eure Esskultur sausen, er mag euern Vier-Sterne-Fraß nicht, der ist ein Mannsbild und hat was zwischen den Beinen, der braucht was Solides!«
»Heißt ›Cristianos y Moros‹ all das?«, fragte Jérémy.
»Das ist der Name eines Gerichts«, antwortete Planche à Voile. »Eines lateinamerikanischen Gerichts. Millionen da drüben essen das. Weißer Reis und schwarze Bohnen: Cristianos y Moros.«
Dann, zu Louna:
»Die Sitzung ist beendet. Kommst du, meine Große?«

Die Große ging mit. Und damit war das Ende von Ruhe und Eintracht eingeläutet: Lounas Aufmerksamkeit bei dem, was sie machte, sank fortan, während jene von Hadouch, Mo und Simon gegenüber dem, was Planche à Voile mit ihr machte, stieg, Thérèse verurteilte insgeheim die Exzesse ihrer Schwester, Jérémy vermanschte schwarze Bohnen und weißen Reis, wobei er über den Latino-Gaumen wetterte, Clara war von diesem Klimawechsel verstört, und die Einzige im Hause, die Bestand und Festigkeit bewies, war Maman, die ihrem Kummer glich.
Der Sheriff erwachte noch immer nicht, nahm aber sein Futter gutwillig auf. Und teilte es höflich mit seinem Wurm. Kein Gezeter mehr. Der Wurm und er tafelten gemeinsam, einer im andern, zwei alte Stubenkameraden.
Dies zumindest war ermutigend.
»Vorsicht«, sagte Rabbi Razon, um unseren Optimismus zu dämpfen, »dieser Bandwurm ist die erzürnte Seele dieses Mannes. Im Augenblick lassen sie die Waffen ruhen, sie holen Luft, aber das wird nicht andauern. Adonai, Dios Santo, nein, das wird nicht andauern! Überwacht ihn strengstens. Die Seele hat unzählige Tricks auf Lager.«
Und tatsächlich, nachdem die beiden ein paar Tage gemeinsam in Frieden geschnurrt hatten, begann der Sheriff abzubauen und der Wurm zu gedeihen. Der Sheriff verlor an Kräften, man sah mit bloßem Auge, wie er abmagerte. Louna und Planche à Voile vermochten nichts weiter, als diesen Verfall zu registrieren. Sie legten ihren Dienst im Krankenhaus und ihre Wachen bei uns so, dass sie einander am Bett des Kranken ablösen konnten. Sie trieben Kilometer von

Bandwurm aus ihm heraus – vergeblich. Rabbi Razon hatte Recht: Dieses Tier hatte etwas Ewiges an sich. Ein Knäuel von Missetaten, das sich in dem Maße, wie man es abrollte, neu aufwickelte.

»So was hab ich noch nie gesehen«, murmelte Planche à Voile mit jener Mischung aus Verzweiflung und Begeisterung, die das pathologische Rätsel bei allen seiner Zunft auslöst.

Schwerer und schwerer lastete der Kopf des Sheriffs auf dem Kissen. Umso mehr, da er nun schwieg. Kein Sterbenswörtchen mehr. Man hätte meinen können, das Gewicht seines Schweigens erdrücke ihn. Auf seinen geschlossenen Lidern breitete sich ein Regenbogen aus. Dessen sieben Farben verschmolzen zu einem bleiernen Siegel.

»Er stirbt«, sagte Louna schließlich. »Ich wüsste nicht, wie sich das verhindern ließe.«

»Er wird nicht sterben«, wiederholte Thérèse.

»Na, dann aber nur deshalb, weil es nach dem Tod einen ruhigen Ort gibt, wo man weitermachen kann«, versetzte Jérémy ironisch.

Aber abends weinten Clara und er. Sie hatten heimlich Blumen gekauft. Und verschiedenfarbige Bänder. Und goldenen Faden. Ich ertappte sie in der Tiefe einer schlaflosen Nacht beim Anfertigen eines Kranzes. Jérémy wand langstielige Blumen ineinander, und Clara stickte goldene Worte auf königsblauen Taft. Sie heulten zum Gebeinerweichen.

»Er wird sterben, Ben, und wir wissen nicht einmal, wie er heißt!«

Jérémy schluchzte wie ein Geisteskranker. Claras und meine Arme reichten nicht aus, um all diesen Kummer einzudämmen. Auf den Schleifen stand auf Eng-

lisch in Kursivschrift: *Adieu Sheriff, wir haben dich sehr gemocht ... Ehre sei dem unbekannten Sheriff ... du kamst und wir liebten dich ... Unserem teuren Sheriff ...*
»Wir fangen jetzt schon mit den Kränzen an«, erklärte Jérémy zwischen zwei Heulanfällen, »weil es viele sein müssen, verstehst du!«
Er wollte nicht, dass man vom Sheriff dachte, er sei ohne Familie gestorben und »verscharrt worden wie ein Schakal«.
»Er war ein tapferer Kerl und kannte tausend Leute, es ist nicht normal, dass er ganz allein stirbt!«
Vom Himmel herab erklang eine neue Stimme:
»Es stimmt wirklich, dass er stirbt.«
Thérèse, die oben auf dem Doppelstockbett saß, war vollkommen ratlos:
»Ich verstehe das einfach überhaupt nicht, Benjamin ... Die Linien seiner Hand, die Sterne, die Karten, das Pendel – alles sagt, dass er nicht sterben wird ... und trotzdem stirbt er.«
Zum allerersten Mal übte sie sich in Zweifel. In ihrem Nachthemd schien sie einsamer denn je. Sie sagte zu Clara:
»Wir sollten auch an ein paar Worte in amerikanischem Englisch denken.«
»Und in Spanisch«, fügte Jérémy hinzu.
»Auch in Jiddisch und Hebräisch, ich frage Rabbi Razon.«
An dieser Stelle unseres Gesprachs zirpte das Haustelefon, das den Schlafraum der Kinder mit meinem Zimmer verbindet.
Ich hob ab. Eine sich überschlagende Stimme befahl mir:
»Komm rauf, Ben!«

Es war Simon der Kabyle. Die Hand um die Muschel gelegt, flüsterte ich:
»Ist er tot?«
»Komm rauf!«

Ich hechtete die Treppe hinauf; schon auf den untersten Stufen hörte ich das Getöse. Falls Sterbende heulen, so war es Sterbegeheul, was an mein Ohr drang, falls Sterbende mit dem Kopf gegen die Wand rennen, so wurde in meinem Zimmer eben gestorben. Der Sheriff musste seine letzte Schlacht schlagen, die ihm verbliebenen Kräfte in den Schlusskampf werfen. Adonai und seine Bande zogen die Seele des Sheriffs gen Himmel, und dieser sträubte sich und verfeuerte seine letzte Ladung an Flüchen:
»Fuck you! Hijo de puta! Never! Nunca! Niemals! Mai! Kajn mol! Af paam! Jamais!« (Niemals! Niemals! in allen ihm zur Verfügung stehenden Sprachen.)
Die Tür wurde von mir weniger geöffnet, als dass ich sie einrannte.
Der Sheriff saß tatsächlich im Bett und brüllte aus voller Lunge. Herausgerissener Infusionsschlauch, Augen an Stielen, Muskeln, die zum Bersten angespannt waren, und die Seile seines Halses vibrierten im Sturm.
Ohne zu wissen, was ich tat, warf ich mich auf ihn, drückte ihn aufs Bett und flüsterte ihm alles Mögliche ins Ohr:
»Ist gut, Sheriff, ist gut, keine Angst, ich bin ja da, es ist nichts, es ist nichts, es ist nichts ...«
Mit einem Mal erschlafften all seine Muskeln, ich fiel auf ihn, schweißgebadet, als hätte ich mit dem Teufel selbst gerungen. Beinahe wäre ich auf ihm eingeschla-

fen. Simons Stimme holte mich ins Tagesgeschehen zurück.
»Guck mal, Ben.«
Sehr langsam drehte ich den Kopf in seine Richtung. Simon zog etwas vom Boden hoch. Es war der Körper von Planche à Voile.
»Ich hab meinerseits ein bisschen Doktor gespielt.«
Offen gestanden sah sich Planche à Voile nicht mehr sehr ähnlich. Simon hatte das Surfbrett zu einer Galionsfigur umgearbeitet, die nach Jahrhunderten unterseeischen Daseins an Land gespült worden war. Über und über mit Schwämmen und Muscheln bedeckt.
»Und ein medizinisches Rätsel gelöst, Ben!«
Simon erklärte mir, dass Hadouch wie wir alle den plötzlichen Verfall des Sheriffs seltsam gefunden und ihn deshalb beauftragt hatte, sich unter dem Bett unseres Patienten zu verstecken.
»Was ich gemacht habe.«
Was Simon noch in eben dieser Nacht gemacht hatte. Und Punkt zwei Uhr in der Früh war Planche à Voile ins Zimmer gekommen, und Simon hatte ihn flüstern gehört, dass dies seine letzte Visite sei: »Die letzte Chance, die ich dir gebe, den Brocken auszuspucken, du Sauhund ...«
»Seine Worte, Ben ...«
Weil der Sheriff ihm keine Antwort gab, kündigte Planche à Voile ihm klar und unmissverständlich an, dass er seinem Tropf nun den letzten entscheidenden Tropfen Tod beimischen werde.
»Was er gemacht hätte, Ben, wenn ich ihn nicht an den Füßen gepackt hätte. Sein Köfferchen ist voll mit dem Dreck. Alles in der Klinik geklaut.«
Die Fortsetzung bestand in dem, was vorausgegangen

war. Planche à Voile hatte den Sheriff Tag um Tag gefoltert, weil er hoffte, dass dieser sein goldwertes Geheimnis auskotzen würde.

»Aber da hat er die Rechnung ohne den Sheriff gemacht, Ben. Der starb lieber als zu singen. Planche à Voile ist überzeugt, dass der Sheriff nur so tut, dass sein Delirium eine Art von tintiger Finte ist, eine Oktopus-Wolke, wo er seinen Schatz drin versteckt.«

Und dann erklärte mir Simon noch, dass Planche à Voile dank einiger leichter Backpfeifen eingeräumt hatte, für eine ziemlich bekannte Drogenbande zu arbeiten. Eine Bande, die ihn wegen des Stoffs in der Hand hatte, klar, Monsieur hatte Ausgaben. Die Bande hatte auch – bereits mit seiner, des Surfbretts, Hilfe – unseren amerikanischen Patienten aus der Klinik entführt. Es war die Bande des Muskelpakets mit dem abgesäbelten Ohr.

»Er hat den Auftrag gehabt, ihn heut Nacht alle zu machen, weil er nichts aus ihm rauskriegte. Stimmt doch, oder?«

Die letzte Frage richtete sich an Planche à Voile.

»Stimmt doch?«

Planche à Voile nickte.

»Und weißt du, was das Beste ist, Ben?«

Ich würde es gleich wissen.

»Der gute Doktor wollte uns die Bullen auf den Hals hetzen, sobald der Sheriff erledigt war, damit wir den Kopf hinhalten. Ist doch nett, nicht wahr, für einen Schwager ...?«

Ich dachte an Louna. Und ich hörte Planche à Voiles Antwort mit vertrautem Widerwillen. Mein Gott, diese Antwort ... Die ewig ewiggleiche Antwort aller Schweine dieser Welt, mit und ohne Uniform:

»Ich hab nur die Befehle befolgt.«
»Was mich betrifft, ich bin ein Tier«, sagte Simon, »ich folge meinen Instinkten.«
Die simonischen Instinkte ließen in Planche à Voiles Mund ein halbes Dutzend Beißerchen zu Bruch gehen.
Da ging die Tür meines Zimmers auf.
»Hör auf, Simon!«
Es war Hadouch. Simon hörte auf. Hadouch drehte sich zu mir um und fasste die Situation zusammen:
»So ist das Benjamin, wenn es der Medizin an Klarheit fehlt, muss man die Mediziner überwachen.«
Stille. Dann fragte er:
»Gut. Was machen wir jetzt?«
Jetzt würden wir mit den Spielchen aufhören. Jetzt würden wir einen auf Rechtsstaatlichkeit machen. Jetzt würden wir die Bullen einschalten, ihnen diesen Mörder da aushändigen und ihnen ihren Amikollegen überstellen. *Das* würden wir jetzt machen, so, und das sagte ich auch.
Doch da verkörperte sich das Verhängnis in der Gestalt von Louna, die, den Namen ihres Geliebten kreischend, im Türrahmen erschien, sich mit gezückten Krallen auf Simon stürzte und in den Armen von Planche à Voile landete.
Genauer gesagt, Planche à Voile würgte sie im Schwitzkasten seiner Armbeuge, während er mit der freien Hand ein schmales Skalpell aus Edelstahl auf ihre zuckende Halsschlagader presste.
All dies ging so schnell und chaotisch vonstatten, dass mir noch jetzt die Worte fehlen.
»Scho, schugehört«, sagte Planche à Voile mit dem ihm verbleibenden Restbestand an Zähnen. »Isch verschinde jescht mit diescher hübschen Idschotin, und

fenn einer von eusch drei schisch rührt, mach isch schie kalt.«
So sah sein Lebensentwurf aus, ja.
Doch die Dinge gingen wahrhaft schnell.
Ich hörte den Knall und sah dann erst die Elf-Dreiundvierziger in Simons Hand. Doch es konnte nicht der geringste Zweifel bestehen: die Kanone in der Hand des Kabylen qualmte untrüglich, und was von Planche à Voile übrig war, sank Louna zu Füßen.

5
Die Auferstehung

Louna hatte zu viel mit der Gesundheit des Sheriffs zu tun, um in Selbstmitleid zu verfallen. Es ist ein Zeichen der starken Seelen, dass Leid und Glück nur Abstecher auf ihrem Weg der Pflicht sind. Aber lassen wir das.

Es galt, den Sheriff wieder zu verkabeln und das Ausmaß des Schadens zu bemessen. In dieser Nacht betätigte sich Louna als Laborantin. Die Blutanalysen ergaben, dass eine beeindruckende Menge toxischer Substanzen in die geheimen Winkel des New Yorkers gepumpt worden war. Und auch mit seinen Rippen hatte Planche à Voile gespielt. Dem Sheriff fiel das Atmen schwer.

»Er muss Höllenqualen ausgestanden haben.«

Ja. Und er wollte sich nicht länger quälen. Diesmal lichtete er den Anker wirklich.

»Es dreht sich jetzt nur noch um Stunden.« Diesen Schicksalssatz ließ Louna am nächsten Tag Punkt zwölf Uhr mittags fallen, angesichts eines Sheriffs, dessen Leben nur noch an einem einzelnen Engelshaar hing.

»Ohne diese Geschichte hätte ich ihn gerettet, Ben! Er *war schon* gerettet.«

Doppelt betrogen, meine Louna, in ihrem Herzen und in ihrer Kunst … Schwierig zu sagen, welche der beiden Lounas am meisten litt.

»Er war robust, weißt du.«
Sie sprach von ihm bereits in der Vergangenheit.
»Und von großer Seelenstärke.«
»Sollen wir Rabbi Razon rufen?«
»Ja.«
Rabbi Razon kam mit heiliger Lektüre. Als wir ihm erzählten, welche Rolle Planche à Voile gespielt hatte, war sein einziger Kommentar:
»Huerco malo! Entschuldige, Louna, aber dieser huevo de rana hat mir nie gefallen …«
Für die Kleinen übersetzte er:
»Nein, dieses Froschei hat mir überhaupt nicht gefallen …«
Ehe Belleville eintraf, schmückten Jérémy, Thérèse und Clara das Zimmer mit Blumen. Sie hatten beschlossen, Sheriffs Abschied zu einer Art Fest zu machen. Die Schleifen, mit Reißzwecken an der Decke befestigt, überschirmten sein Bett wie ein Glorienhimmel. Erwartet wurde natürlich der Ben-Tayeb-Stamm, aber auch Belleviller Chinesen und Juden sollten kommen sowie Latinos von überall her. Mo der Mossi schleppte Westafrika an, hinzu kamen noch zwei, drei der Amerikaner, die sich im Restaurant La Courtille in der Rue des Envierges herumtreiben. Dieser Mann, der allein war, musste von allen begleitet werden, wenn er fortging. So wollte es Jérémy. Und die Klageweiber sollten jammern und heulen. Und die Besucher sollten sich die Haare büschelweise ausreißen. Kein Staats-, nein: ein globales Begräbnis würde es sein.
»Als ob wir ihn im Zentrum der Erde beisetzen würden.«
Jérémy legte dem Sheriff einen Myrtenkranz aufs Haupt.

Das Zimmer versank in Weihrauchnebel.
»Kann ich anfangen?«, fragte Rabbi Razon.
Konnte er. Alles war wohl gerichtet, im Himmel und auf Erden.
Aber er fing nicht an.
Ein Engel erschien in der Tür. Ein milchig-durchscheinender Engel, der, in die Reglosigkeit aller Blicke getaucht, auf der Türschwelle stand. Einer dieser üppigen Kirchenfensterengel mit der weißen Haut und diesem in himmlischer Gleichmut erstrahlenden Gesicht.
Es war Maman.
Von kathedralischer Stille umgeben, ging sie zu dem Sterbenden. Sie schien zwei Millimeter über dem Erdboden zu schweben. Sie drang in die Blicke und bewegte sich in den Köpfen. Als sie sich über das Gesicht des Totkranken beugte, spürten die Männer und Frauen die Wärme ihrer Lippen auf den eigenen Mündern.
»Dieser Mann ist noch nicht tot«, sagte sie schließlich.
Und befahl:
»Legt ihn in mein Bett.«
Und sie entschwand, wie sie gekommen war.
Bevor Rabbi Razon grünes Licht geben konnte, musste erst die Verzauberung abfallen.
»Dort, wo Gott nichts mehr vermag, vermag mitunter eine Frau noch etwas«, sagte er schließlich. »Bringt ihn in ihr Bett.«

»Kein Zweifel«, sagte Hadouch, nachdem wir den Sheriff umgebettet hatten, »deine Mutter ist wirklich eine Erscheinung.«
»Deshalb sehen wir sie auch so selten«, antwortete ich.

Und da wir allein waren:
»Was hast du mit Planche à Voile gemacht?«
»Ihm nicht gerade dieselbe Art von Beerdigung angedeihen lassen.«
»Sondern?«
»Er war eine Marionette. Wir haben die Schweinehunde ausfindig gemacht, die ihn manipulierten. Er gehörte ihnen, wir haben ihn den Jungs zurückerstattet.«
Sie hatten den Leichnam von Planche à Voile wahrhaftig im Kofferraum des Mercedes deponiert, samt der Elf-Dreiundvierziger und dem abgeschnittenen Ohr ihres Besitzers. Dann hatten sie die Polizei angerufen und sich in alles Weitere nicht mehr eingemischt.
»Aus Prinzip bedauere ich diese Art von Zusammenarbeit«, erklärte Hadouch, »aber es gibt Situationen, wo der soziale Friede gewisse Zugeständnisse verlangt.«
Mo und Simon waren im Viertel der Schweinehunde auf Beobachtungsposten geblieben. Punkt sechs Uhr morgens hatte eine ganze Armada von vermummten Polizisten das Haus gestürmt und den Mann mit dem abgeschnittenen Ohr nebst Mercedes, der Leiche von Planche à Voile, der Tatwaffe und einer Aussicht auf fünfzehn Jahre Bau mitgenommen.
»Zur Stunde dürfte er seine Kumpels verpfiffen haben. Er ist ein bulliger Kerl, aber nicht der Mann, der standhält.«
»Es sei denn, er hat dich verpfiffen, Hadouch. Das Ohr hast schließlich du ihm abgeschnitten, oder?«
Hadouch schickte einen Blick gen Himmel, als müsste ich wirklich noch alles lernen.
»Mein Messer steckt in der Tasche von Planche à Voile. Mit seinen Fingerabdrücken darauf.«

Nach einer Weile:
»Das hat uns übrigens verdammt angestunken, Simon und mich, dass wir unsere Waffen dreingeben mussten.«
Und nach einer weiteren Weile:
»Aber was ist zu machen …«
Dann, mit staatsbürgerlich gezückter Braue:
»Man muss Opfer bringen können.«

Jérémy und ich hatten Aufenthaltsverbot in Mamans Zimmer. Anscheinend handelte es sich um eine Frauenangelegenheit. Im Haus wurde nur noch geflüstert. Louna erstattete täglich Bericht. Der Sheriff machte den toten Mann.
»Er rührt sich nicht, Benjamin. Obwohl er mit Maman Haut an Haut liegt, rührt er sich nicht. Ich habe nie einen so vollkommen reglosen Körper gesehen. Wie die Katzen, wenn sie gegen den Tod ankämpfen.«
Aber die Katze starb nicht. Maman, die den Sheriff von allen Seiten umfing, wärmte ihn mit Haut und Haar ihres ganzen Körpers. Sobald sein Atem auszusetzen drohte, versorgte Mamans Mund ihn mit Sauerstoff.
Die Ferien gingen zu Ende. Clara, Thérèse und Jérémy kehrten zu ihren schulischen Pflichten zurück. Ich weiß nicht mehr, welchem meiner Zeitjobs ich damals gerade nachging, ich weiß nur, dass ich ihm nicht nachkam: krankgeschrieben. Ja, einer von diesen Kerlen, die sich in die soziale Hängematte legen und auf die die Ministerfinger zeigen … Wenn unser Land eines Tages den Bach runtergeht, so ist es meine Schuld, nicht die der Minister. Aber weiß der Teufel warum,

mir schien meine Anwesenheit unter unserem Dach wichtiger als sonst irgendwo.
Der Sheriff berappelte sich langsam.
»Er nimmt wieder Nahrung zu sich, Ben.«
»Cristianos y Moros?«
»Nein, so kräftig ist er noch nicht. Er nimmt die Brust.«
Maman gab einem amerikanischen Juden, der von den Toten wiederkehrte, die Brust.
»Das ist die Chance für ihn, Ben; er päppelt sich mit der Milch unseres Brüderchens auf.«
»Ich wusste doch, dass er nicht sterben würde«, bemerkte Thérèse, die an uns vorbeistrich.
Bald gelang es Louna und Maman, einen siegreichen Kampf gegen den Bandwurm zu führen. Das Vieh wurde dem Abwassersystem übergeben.
Und eines Tages dann die große Neuigkeit:
»Er hat die Augen aufgeschlagen, Benjamin!«
»Hat er etwas gesagt?«
»Nein. Er hat gelächelt.«
Offen gestanden, der Sheriff sprach die ganze Zeit nicht mehr, und ich habe ihn nie wiedergesehen. Ich erinnere mich bis auf den heutigen Tag sehr gut an ihn, aber nicht mehr daran, wie er aussah und wie seine Stimme klang. Der Sheriff ist eine Gewissheit, kein Bild.
Eines Sonntagmorgens dann rief Maman alle Stämme von Belleville an ihr Bett.
»Er ist fort«, sagte sie.
Sie war allein im Bett. Sie teilte uns dieses Fortgehen ohne einen Anflug von Bedauern mit.
»Er ist fort, aber er hat uns eine Erinnerung zurückgelassen. Ich bin schwanger.«

Neun Monate später tauchte le Petit zwischen den Schenkeln von Maman auf. Als er das Licht der Welt erblickte, weinte er sehr. Diese Traurigkeit machte uns ganz bekümmert. Thérèse schrieb sie den schlimmen Erlebnissen zu, die seinem Vater, dem Sheriff, widerfahren waren.
Rabbi Razon beruhigte uns:
»Die ersten Tränen«, sagte er, »sind immer ein gutes Zeichen: ¡Niño que no llora no mama!«
»Übersetzung?«, fragte Jérémy.
»›Ein Baby, das nicht weint, nimmt nicht die Brust‹«, übersetzte Thérèse.
Rabbi Razon hob das Wurm ins Licht des Tages.
»Dios que te pague, mein Kleiner!«
»›Vergelts Gott‹«, übersetzte Thérèse.
Der kleine Wurm war wirklich sehr klein. Rabbi Razon schien mir meine Sorge an den Augen abzulesen, denn es drängte ihn, mich zu beruhigen:
»Keine Angst, Benjamin, er ist so schon klein genug, ich werde ihn dir nicht noch kleiner schnippeln.«
»Nicht jetzt ...«, fügte er als Mann Gottes hinzu.
»Er ist wirklich klein«, flüsterte Clara, während ihr Blitzlicht aufflammte.
»So nennen wir ihn auch«, verkündete Jérémy. »Le Petit!«
»Kleiner?«, fragte Thérèse.
»Le Petit, mit Artikel und mit Großbuchstabe bei Le und bei Petit«, bekräftigte Jérémy.
»Ein Großbuchstabe genügt«, schaltete Maman sich ein, »mein Kleiner darf doch nicht wie dieser Käse heißen.«
»Es lebe der kleine le Petit!«, rief Jérémy, der unserer heiligen Mutter niemals widersprach.

6

Erinnert euch an Isaac

Loussa hörte mir mucksmäuschenstill zu. Wir waren bei unserer vierten Kanne Tee. Ali hatte die Vorhänge des Homme bleu geschlossen. Youcef und er saßen jetzt an unserem Tisch. Das Restaurant roch nach Minze.

»Deine Mutter hat den Amerikaner einfach so gerettet? Bloß, indem sie ihm die Brust gab? Frauen sind wirklich wunderbar!«

Ich überlegte einen Augenblick:

»Nein, in Wahrheit hat sie ihn auf andere Weise gerettet.«

Maman zufolge hatten wir allesamt einen Fehler in der Diagnose begangen. Maman zufolge starb der Sheriff nicht an den erlittenen Folterungen. Der Sheriff starb auch nicht daran, dass sein Wurm ihn aufzehrte, nein. Sie war nicht einmal sicher, ob die Fläschchen von Planche à Voile ihm den Garaus hätten machen können … Dealer, Schläge, Revolverkugeln, Gifte und der Bandwurm waren für ihn alltäglich, er vertrug noch ganz anderes. Nein, was ihn sterben ließ, war das schlechte Gewissen. »Er verzieh sich nicht, dass Manfred gestorben war«, erklärte uns Maman.

»Und wer ist dieser Manfred?«, fragte Thérèse.

»Ein Gespenst, das sich in seinem Kopf eingenistet hatte«, gab Maman zur Antwort. »Etwas weit Schrecklicheres als sein Bandwurm!«

Und so hatte Maman mit dem Sheriff einen Vertrag geschlossen. Sie bot sich an, Manfred schlicht und einfach wieder ins Leben zu holen. »Das habe ich ihm von vornherein vorgeschlagen: einen Manfred für deinen Manfred, ein Leben für ein Leben, mach mir einen kleinen Manfred und deiner wird dich in Frieden lassen, darauf geb ich dir das Ehrenwort einer Frau!«
»Also, euer Sheriff hat Manfred wieder zum Leben erweckt, und dann ist er abgehauen?«, fragte Loussa de Casamance. »Ohne einen Abschiedsgruß, ohne Dankeschön, einfach so?«
»Er hat eine Nachricht zurückgelassen.«
»Die was besagte?«
»›Erinnert euch an Isaac.‹«
»›*Remember Isaac*?‹ Ich habe es befürchtet.«
Ich richtete den Blick auf Loussa. Er schüttelte einen Kopf, der nicht fähig schien, es zu fassen.
»Was ist los, Loussa?«
»Ich wage nicht, es dir zu sagen.«
»Loussa ...«
»Du wirst mir nicht glauben.«
»Komm ...«
»Ich kenne den Kerl.«
»Welchen Kerl?«
»Deinen Sheriff, mein Junge, den Vater von le Petit; ich kenne ihn.«
»Du kennst ihn?«
»Na ja ... ich weiß, wer er ist. Ich nehme es zumindest an ... obwohl ...«
Ich blickte Loussa direkt in die Augen, ich legte meine Hände auf die seinen, und ich begann mit kleinen, sehr präzisen Hämmerschlägen zu reden, so wie man die Tüpfelchen auf die Is setzt ...

»Kennst du ihn, oder kennst du ihn nicht? Machs kurz, Loussa, ich erinnere daran, dass le Petit sich zu Hause langsam zu Tode hungert … Wenn du seinen Vater kennst, dann bring ihn schleunigst her … wenn du ihn aber nicht kennst … wenn du es nur *vermutest*: Ich glaube nicht, dass le Petit Vermutungen schluckt …«

Loussa saß eine ganze Weile unentschieden da, dann erhob er sich nachdenklich.

»Bist du heute Abend zu Hause?«

»Wo sollte ich sonst sein?«

»Dann warte auf mich, ich komme vorbei.«

»Mit dem Vater des Kleinen?«

Er machte eine ausweichende Handbewegung und steuerte auf die Tür des Homme bleu zu.

Wieder im Haushaltswarenladen fand ich, dass der Kleine durchsichtig wurde. Ich stellte ihn vor eine Schreibtischlampe. Kein Zweifel, noch ein paar Fastentage und man würde durch ihn hindurch lesen können.

»Wann unternimmst du endlich etwas?«, fragte mich Thérèse.

Ich schaute le Petit in die Augen:

»Hättest du nicht Lust, was zu essen? Ein klein bisschen was? Mir zuliebe? Nein? Irgendwas? Ein Joghurt? Ein Sandwich? Drei Fritten?«

Le Petit erwiderte:

»Ich würde meinen Papa vorziehen.«

Und er rührte sein Abendessen nicht an.

Ich wollte eben die Kinder zu Bett bringen (le Petit startete mit leerem Magen in einen Tunnel, an dessen

Ende sein dritter Hungerstreiktag begänne), als Loussa schellte.
Ich ging aufmachen. Er war allein.
»Du bist allein?«
»Ja und nein«, sagte er und kam herein.
Sollte ich mir in Anbetracht der Umstände die chinesische Seite dieses Senegalesen wirklich antun?
»Loussa …«
Er gab mir wortlos zu verstehen, dass ich die Klappe halten und mich setzen solle.
Er selbst setzte sich mir gegenüber.
»Hör zu, kleiner Depp, was ich dir zu sagen habe, lässt sich nur schwer schlucken.«
Ich sammelte folglich Spucke.
»Ich habe es überprüft. Ich kenne den Vater deines kleinen rosabebrillten Bruders, das steht fest.«
»Und du hast ihn nicht mitgebracht?«
»Doch.«
Er sah mich lange an, dann stieß er einen tiefen Seufzer aus, knöpfte den Mantel auf und zog vier Bücher hervor, die er sauber gestapelt vor mich auf den Esstisch legte.
»Er ist die Hauptperson dieser vier Romane hier.«
»Wie bitte?«
Loussa holte tief Luft, dann ließ er ohne Punkt und Komma all seine Informationen vom Stapel.
»Er heißt Isaac Sidel, er ist Amerikaner, er ist Jude, er ist der Vater einer Frau namens Marylin, die am laufenden Band heiratet und sich wieder scheiden lässt, er ist der Oberbulle von New York, er glaubt, er sei am Tod seines liebsten Untergebenen Manfred Coen schuld, seine kleinen Sünden sind Joyce und Cappuccino, er ernährt sich von Christen und Mauren, er ist

nicht totzukriegen und schlägt sich mit all den Typen herum, die er im Delirium bei dir verflucht hat: Rupert, Stanley, Zorro, Cowboy, Mac Neil, Dermott und so weiter ... Überprüfe es, ob Gauner oder korrupte Bullen, sie sind alle in diesen vier Bänden!«
Ich betrachtete Loussas Gesicht. Nur Loussas Gesicht. Er begriff sehr gut, was in meinem Blick lag, denn während er noch Atem schöpfte, sagte er:
»Ich weiß ... ich hab dich ja gewarnt ... der Brocken ist schwer zu schlucken ... aber muss ich dich daran erinnern, dass ...«
Ein komischer Engel flog durchs Zimmer.
»Muss ich dich daran erinnern, dass du selbst heute Morgen deinen kleinen Bruder mit Melvilles Bartleby verglichen hast?«
»Das ist etwas ganz anderes. Bartleby war eine Metapher! Meine Mutter hat sich nicht von einer Metapher schwängern lassen!«
Loussa schüttelte den Kopf:
»Die meisten Kinder entspringen einer Metapher ... Dann, hinterher, beginnen die Dinge schief zu laufen.«
Ich versuchte eine letzte Ausflucht:
»Wenn meine Mutter so etwas Irrationales gemacht hätte – mit einer Romanfigur zu schlafen –, dann wüsste das meine Schwester Thérèse!«
Loussa ließ sich nicht darauf ein, er fügte nur hinzu:
»Das Wichtigste habe ich noch zu sagen vergessen, kleiner Depp. Der Isaac dieser vier Romane hier ...«
Er tätschelte den Bücherstapel vor uns auf dem Tisch:
»Er hat einen Bandwurm.«
Und fatalistisch schloss er:
»Meinetwegen kannst du mich jetzt rausschmeißen,

aber Tatsachen bleiben Tatsachen: Der amerikanische Jude, den deine Mutter hat wieder auferstehen lassen, der Vater deines kleinen Bruders mit der rosa Brille, ist die Hauptfigur dieser vier Romane. Ich lasse sie dir da. Sie gehören dir. Ein Geschenk. Eine schöne Lektüre im Übrigen, wirst sehen ... eine wundervolle Lektüre. Der Autor heißt Charyn. Jerome. Jerome Charyn. Er ist Amerikaner. Ein New Yorker Jude, wie sein Isaac.«

Dann ließ mich Loussa allein.

Einen Augenblick lang ging es mir hundsmiserabel, dann wanderte mein Blick zu den vier Romanen: *Blue Eyes*, *Marilyn the Wild*, *Patrick Silver*, *Isaacs Geheimnis* ... So die Titel.

»Es war einmal ein alter Mann, der einen Wurm im Darm hatte. Der Wurm wand sich gern. Der alte Mann krallte die Hände in seinen Bauch, als wolle er das Innere seines Körpers herausreißen. Er wohnte in einem widerlichen Hotel in der Siebenundvierzigsten Straße West. Das Hotel hatte keinen Namen. Es lag direkt am Straßenstrich. Die Zuhälter gingen ihm aus dem Weg. Sie unterhielten in diesem Hotel Zimmer für alle ›Bräute‹, die sie besaßen. Die ›Bräute‹ waren schwarze Mädchen unter neunzehn. Mindestens eine von ihnen war schwanger. Sie hatten ihre Freude an dem alten Mann. Er knurrte sie nicht an und sah auch nicht unter ihre sommerlichen Blusen. Die verschwitzten Nippel einer Hure konnten ihn nicht in Erstaunen versetzen.

Daher sprachen sie mit dem alten Penner, teilten ihren Orangensaft mit ihm ...«

Ich las bis spät in die Nacht. Im Schneidersitz zu Füßen eines Kreises von Zuhörern in Schlafanzug und

Schlappen, im Rücken Julius den Hund, der über meine Schulter hinweg dem Wortlaut folgte, ließ ich uns eintauchen in die Geschichte von Isaac Sidel und seinem Bandwurm. So kam Isaac ein zweites Mal in unser Haus. Thérèse machte sich Notizen, und manches kam ihr bekannt vor. Le Petit hatte seine Brille aufgesetzt, um besser zu hören. Jérémy rief begeistert Oh! und Ah! und Verdammt! Gemeinheit! Meine Fresse! Verflixt! Und Clara: wenn man Wörter fotografieren könnte … Ich las die Geschichte von Isaac Sidel vor, von »Isaac dem Chef«, »Isaac dem Großrabbiner vom Polizeipräsidium«, »Isaac dem Daddy von Marilyn the Wild mit den sieben Ehemännern«, von dem »reinen Isaac«, dem »heiligen Isaac«, dem »geheimnisvollen Isaac«, von »Isaac dem Psychopathen«, »Isaac dem Schmock«, »Isaac dem Dreckskerl«, wie die anderen Figuren meinten, ich erkannte sie nebenbei wieder, alle, wie sie da waren, diese Namen, die durch die Delirien unseres Sheriffs gegeistert waren: Annie Powell, die kleine Hure aus der Dreiundvierzigsten Straße mit der Schnittwunde im Gesicht, Dermott, ihren Zuhälter, der Joyce las, Coot Mac Neil, den korrupten Iren, der Flüsse aus Blut hinaufschwamm … Noch beim ersten Widerschein des Morgengrauens las ich (Isaac Sidel schien im Kinderzimmer zu sitzen, als hätte er uns nie verlassen), als mich plötzlich die Stimme des Kleinen abrupt in meinem Elan stoppte.

»Ich hab Hunger.«

Was hierauf folgte, war sehr viel mehr als Stille.

»Ich hab Hunger«, wiederholte der Kleine.

Jérémy reagierte als Erster.

Er sprang aus dem Bett und jagte, dicht gefolgt von Clara, in die Küche.

»Du hast Hunger, le Petit! Ausgezeichnet! Was willst du essen? Ein Omelette mit Morcheln? Spaghetti mit Auberginen? Ein Sandwich mit Roastbeef? Sollen wir eine Dose Gänseleberpastete aufmachen?«
Naserümpfen, le Petit lehnte ab.
»Nein? Einen Nachtisch?«, schlug Clara vor. »Willst du mit dem Nachtisch anfangen? Eine Crème brûlée? Überbackene rote Beeren?«
Le Petits Kopf sagte nein.
Er nahm seine rosa Brille ab, um besser nachdenken zu können, zuletzt überzog ein Strahlen sein Gesicht, und er sagte:
»Cristianos y Moros!«

Zitiert wurde nach:

Hermann Melville, »Billy Budd und andere Geschichten«. Deutsch von W. E. Süskind. Claassen Verlag, Hamburg 1957.
Jerome Charyn, »Isaacs Geheimnis«. Kriminalroman. Heyne, München 1985.

Daniel Pennac
Adel vernichtet

Ein Malaussène-Roman
Gebunden

Hochzeit im Hause Malaussène, ein empörter Benjamin, eine fest entschlossene Braut und ein intriganter Bräutigam – eine explosive Mischung für einen Malaussène-Roman.

VERLAG
KIEPENHEUER
&WITSCH

Tardi / Pennac in der Edition Moderne

Daniel Pennacs erste Arbeit als Szenarist für den berühmten französischen Comiczeichner Jaqcues Tardi belebt die sonst eher düstere Welt Tardis mit witzigen Dialogen und einer Spur Optimismus.
Aus dem Französischen von Eveline Passet

ISBN 3-907055-40-3
80 S. farbig, Grossformat, HC, 34.80 DM/SFr. 278 öS